공사장 한복판에서 영화를 외치다

노승원 지음

자진하여 동아줄이 되어 주신 박경희 선생님,

글의 시작과 끝을 함께해준 이루지에게 감사와 사랑의 말을 전합니다.

- 추천사 -

2011년 〈고지전〉의 연출부로 함께 일하고, 그 뒤 10년이 넘는 시간 동안. 종종 자신이 쓰고 있는 대본의 모니터링을 부탁했었다. 1, 2년에 한 번씩 통화하면 어떻게 지내냐고 안부를 묻곤 했다. 언젠가부터 그는 글을 쓰며, 생계를 위해 철거 노동을 하고 있다고 했다. 그 일을 하며 영화 대본을 쓴다는 것. 쉽지만은 않았을 텐데…. 그가 지난 10년간 어떻게 살았을지 통화를 하며 궁금하기도 했다. 지인의 궁금증으로 그것을 읽어볼 기회가 생긴 것 같다.

'영화의 꿈'을 위해 그가 지나온 시간을 읽으며, 지인으로서 여러 가지 생각들이 들었다. 이 책은 막노동으로 생활을 유지하며, 여전히 영화를 꿈꾸고 있는 한 청년의 이야기이다.

_ 영화감독 장훈 (고지전, 택시운전사 등 연출)

〈사진제공 - 충청투데이〉

동틀 녘의 썰렁한 거리 위, 자판기 커피를 마시며 괜히 어슬렁대는 추레한 사내들. 누군가의 아버지이자 누군가의 아들인 이들은 주정뱅이이자 경마쟁이이며 영웅인 동시에 사기꾼이기도 한데 세상 그 누구보다 자신을 잘 알고 있으면서도 쥐뿔 아는 것 하나 없는 그런 사람들이다. 지금 이들은 뒤편 사무소 간판에 불이 들어오길 기다리고 있다. 딸깍, 마침 간판에 불이 들어오며 어쩌면 여러분들에게도 익숙할 수 있는 네 글자가 눈에 박힌다.

OO인력개발

인력개발 사무소 - 새벽인력, 세계인력, 영동인력, 가자인력 등등 동네 어딜 가든 심심찮게 볼 수 있는 직업소개소의 간판명. 파출부 등의 자리를 알선한다고도 하지만 이곳의 일 99%는 막노동, 즉 노가다이다. 흔히들 격렬한 육체노동이나 의미 없이 같은 일을 무한반복 할 때 '노가다한다.'라는 말을 쓰곤 한다. 그건 그 일이 매우 힘들고 권태가 느껴질 만큼 지긋지긋하다는 말인데 가능하면 피하고 싶은 일이라는 뜻으로도 해석할 수 있을 것이다.

이 힘들고 지긋지긋하며 피하고 싶은 일을 하기 위해 사내들이 입장한다. 이들은 곧 깨어질 고요 속에서 자신 앞으로 떨어질 운명 같은 것을 기다리게 된다.

이내 모든 게 뒤섞이기 시작한다. 그저 지겨울 뿐인 얼굴과 허깨비에 놀란 듯 어리둥절한 얼굴, 나름의 계획을 세운 이와 오 분 뒤도 장담할 수 없는 이, 노곤함에 고갤 떨구고 술이 덜 깨 고갤 떨구는 사이 일을 떠나는 이의 잰걸음과 남겨진 이의 초조함이 교차한다. 누군가 울고 누군가 웃는다. 그리고 내가 있다. 애써 태연함을 연기하며, 내 몫으로 떨어질 무언가를 기다리며 말이다.

인력개발 사무소 - 원하든 원치 않든 이곳을 들르게 되는 날과 삶이 있다. 그리고 발을 들여놓아야만 보이는 것들이 있다. 그건 돌고 돌아 자신에게로 돌아온다.

차례

시작하며

개발에 뛰어들다

개발판의 군상들

영화로 돌아오다

개발로 도피하다

공모전 준비

맺으며

정해진 미래

들어가기에 앞서 한 번만 더 사무소 간판을 살펴보도록 하자.

OO인력개발

두 개의 단어로 이루어진 하나의 새로운 푯말. 여기엔 어딘가 희극적인 느낌이 있다. 사람의 힘으로 산업이나 경제를 발전시킨다는 이 말은 건설업이 산업개발의 한 축인 건 사실이기에, 큰 의미에선 맞는 말일 수 있다. 하지만 종일 땀 흘리며 욕을 해대는 인부들에게 "당신은 지금 경제를 발전시키는 중."이라고 했다간 삽자루에 머릴 찍힐 수도 있다.

문득 유년 시절 동네 오락실의 간판명이었던 '지능개발 아이큐 오락실'이 떠오른다. 이건 그 장소의 부정적 이미지를 어떻게든 희석해, 그곳에 출입하는 이들에게 명분을 제공한 후, 궁극적으로 동전을 더 긁어모으기 위한 오락실 주인의 기지인 셈인데, 인력개발 역시 같은 개념으로 봐도 무방할 것이다. 막노동의 이미지를 어떻게든 완화해 보려는 얄팍한 의도 말이다. 하나, 동네 꼬맹이들조차 오락실의 개발이 터무니없음을 알고 있었거늘 공사장 인부들에게 그것을 기대하는 건 굉장히 부적절해 보인다. 단 한 사람, 나만 빼고 말이다. 태초에 인력사무소를 차린 한 선지자가 억지로 갖다 붙인 두 글자 덕에 난 공사장에서 스스로를 개발한다고 생각하게 된 것이다. 육체적으로, 정신적으로, 땀으로, 고통으로, 술로, 글로, 영화로, 기타 등등으로 자신을 채찍질하는 총체적 과정이자 자가최면 상태 - 긴 세월이 흐른 지금도 난 막노동 대신 개발이란 말을 쓰고 있다.

그래, 이 모든 건 영화를 꿈꾸다 벌어진 일이다.

그걸 알아보기 위해선 시간을 좀 돌려볼 필요가 있다.

영화를 좋아하는 한 소년이 있다. 섭렵한 영화가 쌓이고 감독과 배우의 이름을 줄줄 외우게 된 그는 스스로를 마니아라 칭한다. 거기다 소년은 영화를 좋아하는 걸 넘어 사랑한다고 말하기 시작한다. 오글거리지만 그건 사실이기도 하다. 좀 더 시간이 지나자 영화는 소년을 지배하기에 이른다. 단순히 보는 것만으론 만족할 수 없게 된 소년은 거기에 속하기를, 자신이 곧 영화가 되길 바란다(이제 그의 미래는 정해졌다. 남은 건 그것이 언제 오느냐이다).

그는 다음 단계로 향한다. 연극영화과 ─ 수많은 예비 광인들이 예술을 논한답시고 매일 밤 술을 퍼부어대는 거대한 악의 소굴(물론 내 주변 이야기이다). 선배, 후배, 창작, 꼴값, 술, 오바이트, 군기, 단결, 학고, 정치질, 연예, 섹스, 환희 등등의 에너지가 얽힌 사 년을 보내고 학사모에 사진 한 번 찰칵이면 거의 곧바로 미래가 갈린다.

눈치 빠르고 현실감각이 뛰어난 이들은 곧바로 진로를 바꾼다. 그리고 나름의 적성을 살려 빠르게 사회로 스며든 후 잘 살아간다. 약간의 타협 후 발을 살짝만 걸치는 이들도 있다. 이 반 영화인들은 잘 살아가기도 하고 한편으론 꿈에 대한 미련에 주름이 늘기도 한다. 마지막으로 그냥 버티며 직진하는 이들. 한때나마 소년이었던 이들이 어리석은지 줏대 있는 외골수인지는 누구도 알 수 없다. 중도 하차하느냐 끝까지 가느냐 — 이것 또한 마찬가지다. 미래의 일을 여기서 논할 필요는 없다. 중요한 건 이들이 도입부에 서 있다는 것과 최종목표 지점에 어떻게 접근할 것인지 선택해야 한다는 것이다. 연출이 목표라면 우선 현장에서 조수 일을 시작하는 방법이 있다. 혹은 단편영화를 찍으며 영화제 수상을 노릴 수도 있으며 독립영화판에서 은근한 인맥을 쌓아갈 수도 있다. 아니면 이것저것 잴 필요 없이 곧바로 시나리오를 쓸 수도 있다. 그리고 어느 쪽을 택하든 (만수르가 아닌 이상)이들은 성공 전까지 버텨낼 유지비를 마련해야만 한다. 발레파킹, 대리운전, 돌잔치 사회 등등 시간을 쪼개 할 수 있으면서도 자신의 기질에 맞는 일을 찾아야 하는 것이다.

　나 같은 경우 조수 생활부터 시작했지만 그건 그리 오래 가지 않았다. 훈장 하나 없는 내가 자신을 증명할 방법은 결국 시나리오밖에 없었기 때문이다. 내게 조수 생활은 도피처럼 느껴졌다. 난 결국 글을 쓴답시고 방에 틀어박혔고 정해진 미래가 조금씩 다가오는 걸 끝까지 모른 척하고 있었다. 그게 뭐가 됐든 유지비를 마련한다는 건 지난한 일이 될 터였기에 미루고 또 미루며 버텨보았다. 글은 써지지도 않았고 탱자탱자 노는 사이 시간은 잘도 흘러갔지만 모든 게 좋기만 했다. 난 노는 데 재능이 있었고 평생 그렇게 지낼 수 있을 거 같았다. 하지만 뭐든 끝은 있는 법, 어처구니없는 사건으로 인해 무한정 미루던 일이 시작될 수도 있다. 예를 들면 이런 것이다.

　- 오랜만에 후배 놈 하나에게 연락이 온다. 요리조리 피해 다녔지만 더는 그럴 수 없는 상황, 미래란 놈의 정수리가 보이는 듯하지만 나가보기로 한다. 약속 장소는 소갈비 집. 후배가 후배를 불렀고 그 후배는 또 동기를 불러 인원이 늘어나 있다. 뭐 일단 갈비를 뜯는다. 그건 맛이 없을 수 없기에 추가할 수밖에 없다. 뜯고 마시고 떠들어댄다. 헛소리가 몇 차례 돌고 나면 일어날 때가 된다. 그리고 카운터로 나서는 이는 나밖에 없다. 그들을 탓할 순 없다. 오랜만에 만났고, 내가 가장 연장자이고, 그들은 진심으로 날 좋아한다. 카드를 긁는다. 태연히 먹고 마셨지만 사실 내면에선 치밀한 계산이 이루어지고 있었다. 그럼에도 불안하다. 분명 잔고를 확인하고 나왔지만 마지막에 시킨 음료수 몇 병이 변수가 될 수 있다. 천원이 모자라 여태 쌓아온 명예가 사라질 수도 있는 것이다. 영원과도 같은 오 초가 지나고, 드륵드륵_ 마침내 긁는 소리와 함께 영수증이 나온다. 간신히 한숨 돌리면

서도 이런 종이 따위 필요 없다고 말하는 나라는 인간. 하지만 그 짧은 허세의 순간 난 월급이 아닌 일당의 필요성을 즉각 인지하였으며 바로 그때, 멀리 어딘가에서 시동 소리가 들려오기 시작했다. *뿌우우우우_*

아아, 그건 개발행 급행열차의 시동 소리였다. 마침내 난 인력개발사무소행이라는 정해진 미래에 안착하게 된 것이다.

소고기 한 방에 코너에 몰린 난 곧장 집 근처 인력사무소를 알아보았고 다음 날 바로 출근하기로 하였다.

대학 시절 살짝 맛만 본 이후 처음 나가보는 개발. 불안했지만 반평생을 공사장에서 구른 사내들을 관찰할 생각에 기대가 되기도 했다. 난 충분히 젊었고 진짜 세상을 보고 싶었다. 거기서 느낀 걸 글로 쓰고 싶었다.

언제나 우선순위는 시나리오고 개발은 그걸 위한 밑거름일 뿐이다. 그게 대명제였다. 난 스스로를 통제할 수 있길 바랐으며 그렇게 될 것이라 믿었다. 하지만 그건 오만이었다. 어느 순간 난, 영화를 위해 개발을 하는 게 아닌 개발을 위해 영화를 고집하는 꼴이 되어버린 것이다. 물론 그게 전부는 아니었지만.

　그 이야기를 해보려 한다. 먼지가 날릴 수도 있으니 미리
마스크를 착용하는 게 좋을 것이다.

개발에 뛰어들다

워밍업

안전화를 챙긴 후 자리에 드러누웠다. 아직 이른 시간이
지만 무조건 자야만 한다……는 개뿔, 가장 신명 나게 놀던
시간에 눈이 감길 리 없다. 잠에 대한 압박이 되려 각성효과
를 일으키고 온갖 잡생각이 꼬리에 꼬리를 물고 이어진다.
사무소에 나가면 어떤 자세를 취해야 할까? 현장에서는? 초
보 티를 내면 깔보고 막 대하지 않을까? 괜히 있는 척하다 걸
리면 두 배로 털릴 텐데……. 뭐든 중간이 좋은 법, 근데 그
중간은 어떻게 연기해야 하는 거지? 노가다꾼 역을 맡은 배
우는 실제로 개발을 해볼까? 그냥 개발꾼 출신의 배우나 감
독은 없나?

그러다 눈을 떴다. 고갤 돌리니 오전 네 시 삼십 분. 온몸이 무겁고 눈꺼풀은 더더욱 무겁다. 잤는지 눈만 감고 있었는지도 모르겠다. 하지만 일어나야 한다. 오늘은 개발행 급행열차를 타기로 한 첫날이다.

　시작부터 피곤한 몸을 이끌고 미지근한 길을 나선다. 다섯 시의 버스 안은 이미 만원. 어떤 요일 어떤 시간에 버스를 타든 왜 항상 앉아가지 못할까 하는 의문을 잠시 가져본다. 사실 이건 네 시 사십사 분에 시계를 보는 것과 같은 이치이지만 시계를 보는 건 다리가 아프진 않다. 흔들리는 버스 손잡이를 따라 골이 흔들리며 멍해진다. 정신을 다잡기 위해 주윌 둘러본다. 동족끼리는 알아본다고 했던가? 눈에 보인다. 개발행 열차를 타러 가는 이들이. 남루한 옷차림, 그게 뭐든 관심 없다는 시크한 표정, 작업복이 들어있음이 분명한 추레한 스포츠 백팩. 이들은 나의 동지인 동시에 경멸해 마지않는 자들이기도 하다. 그렇다. 그들은 나의 거울인 것이다. 쪼개진 나의 거울들은 각자의 전장을 찾아 버스를 떠난다. 아마 그들은 종일 시달리고 비칠대다 아주 잠시 자기성찰 비슷한 걸 할지도 모른다. 아니, 자기가 뭘 하고 있는지도 모를 것이다. 상관없다. 또 하루를 버텨낼 그대를 위하여 미리 건배.

　'설날, 추석 당일 이틀만 문 열지 않습니다. 비 오는 날도 출근 바랍니다.'

　소장의 왕좌에 적힌 문구이다. 이곳이 363일 내내 돌아가는 인간 공장임을 밝힌 셈인데, 그럼 소장은 공장장쯤 되려나? 그가 날 보고 고갤 갸웃해 보인다.

　"니 몇 년 전에 와본 적 있제?"

　난 그를 꿈에서도 본 적 없지만 긍정도 부정도 아닌 애매한 웃음을 지어 보였다. 제발 그가 날 강단 있는 놈으로 봤길 바란다.

　등받이 없는 의자에 앉아 슬금슬금 주월 둘러본다. 어딜가나 인력사무소의 외양은 비슷할 것이다 — 철저한 실리주의. 커다란 책상 하나와 가정용 전화기 두세 개(이곳 소장은 핸드폰만 다섯 개는 된다), 오와 열을 맞춘 플라스틱 의자 수십 개와 구석의 정수기, 벽 한쪽 선반엔 주인 잃은 작업복들이 전쟁박물관의 그것마냥 전시되어 있으며 거기로부터 묵은 된장 같은 냄새가 흘러나온다. 모두들 입을 닫고 기다리는 가운데 들리는 거라곤 이따금 울리는 전화벨과 소장의 호명이 전부인 이곳. 내 집처럼 익숙해져야만 하는 곳.

시간이 흐른다. 어느새 여섯 시 이십 분. 기술자들은 진작 다 팔려나갔고 나 같은 뜨내기 잡부와 노인들만 자릴 지키고 앉아있다. 이거 첫날부터 공치고 돌아갈 수도 있겠다는 불안감이 엄습해온다. 오 분이 더 지나자 참지 못하고 자릴 뜨는 이들이 생겨난다. 그들은 자신의 절박함을 내보이기 싫은 것이다. 경쟁자가 줄긴 했지만 이길 수 없는 도박에 매달린 광대가 된 기분이다. 그냥 일어날까? 하지만 여기서 꺾이면 내일 새벽에 일어나긴 두 배로 힘들 것이다. 순간 울리는 전화벨 소리.

"노원승."

통화를 끝낸 소장이 내 이름을 부른다. 오늘 도박에선 내가 이겼다. 가기 싫은데 억지로 간다는 표정을 지으려 애쓰는 사내 하나가 오늘의 동행인이다.

오늘의 전장은 종로 3가의 신축 빌딩이다. 동행인 창식은 나와 같은 부산 출신, 덕에 점수를 먹고 들어갔다. 심지어 오뎅을 사주기도 한다. 이 정도면 별 짜증 없이 일을 가르쳐 줄지도 모른다. 지금 내게 필요한 건 일의 요령과 개념인데 공사장에선 오직 닦달할 뿐 아무도 이 두 가지를 가르쳐 주지 않는다. 뜨끈한 오뎅 국물로 속을 달랜 후 현장에 가본다.

밥을 먹고 오라고 한다. 오뎅은 왜 먹었나 싶지만 시키는 대로 장부 식당으로 향한다. 그곳은 동네 김밥천국. 이 큰 현장에 장부 식당이 김밥천국이라, 과연 코너를 돌기 무섭게 어마어마한 광경이 펼쳐진다. 무료 급식소마냥 길게 늘어선 인부들의 줄. 그 줄은 옆으로도 두꺼워 출근길 사람들에게 빙 돌아가길 강요하고 있다. 식당 통유리 앞엔 사람 키 높이까지 가방이 쌓여있는데 안쪽이 보이지 않을 정도이다. 그 꼭대기에 나와 창식의 가방이 추가된다. 줄을 서니 사무소에서 맡았던 된장 냄새가 다시 풍긴다. 물론 음식 냄새는 아니다.

줄이 줄어드는 속도가 매우 더디다. 바로 앞 점잖은 얼굴의 아재가 중얼거린다.

"허허 이래 가지고 일 시작이나 하겠나."

일은 늦게 시작할수록 좋은 법, 이건 해볼 만한 싸움이다. 엉기적엉기적 한발을 뗀다. 사람 구름이 출렁인다. 권태로 워지기 직전에야 식당에 들어섰는데 젠장, 강남클럽도 이 정도로 붐비진 않을 것이다. 테이블 사이마다 인부들이 버티고 서 있어 물 한잔 뜨러 가기도 힘들 지경. 저마다 호통치고 떠드는 통에 일행과 얘기하려면 귓속말을 해야만 한다. 어쩌다 자리가 나면 바로 근처의 인부가 엉덩이를 밀어 넣는다. 암묵적인 룰이라도 있는 건지 모두들 자리에 앉자마자 한입이 되어 밥 내놔라 역정하기 시작한다. 또 서로 자기가 먼저 왔다고 소리쳐댄다. 오 초 전에 앉는 걸 내가 봤는데! 아까 내 앞에 서 있던 점잖은 양반은 지금 그 누구보다 크게 소릴 지르고 있다. 식당 아줌마들이 누가 먼저 왔는지 알게 뭔가. 전부들 소리치고 욕을 해대니 그냥 더 시끄러운 쪽으로 밥을 가져다주는 식인데 그 바람에 식당은 한층 더 개판이 되어가고 있었다. 밥을 어떻게 먹었는지도 모르겠다. 기억나는 건 메뉴가 뚝배기 불고기였다는 것과 물은 마시지도 못했다는 것.

김밥지옥을 빠져나와 다시 현장으로 향했다. 여긴 제법 큰 공사장이라 안전교육을 실시하는 모양이었다(동네 공사장에선 이 시간에 막걸리를 마시곤 한다). 투덜대는 영감들과 함께 조그만 방에 들어가 앉았다. 별 특징 없는 중년의 남자가 교육을 진행했는데 사실 이 안전교육이란 게 별것 없다. 형식적인 것이기 때문에 교육자는 꼭 필요한 사항을 얘기하고 나면 할 말이 없어지기 마련이고 그다음부턴 순전히 자신의 기지로 시간을 때워야 하는 것이다. 오 분이나 지났을까, 할 말이 없어진 남자가 헛기침을 해댄다. 그러다 갑자

개발에 뛰어들다

기 눈을 부라리며 외친다.

"제발 김밥천국에서 욕 좀 하지 맙시다!"

듣자 하니 아줌마들이 열 명도 넘게 그만뒀다고 한다. 우리 받아준 유일한 식당이니 제발 좀 참아달라며 그는 애걸복걸했다.

교육이 끝나고 신상 명세서를 작성했다. 이것저것 쓰다 보니 경력란이 눈에 띈다. 뭐라 적을지 몰라 0개월이라 쓰고 힐끗 옆을 보니 나이 예순아홉의 노인이다. 경력은 콘크리트 사십 년. 경외감에 얼굴을 보니 조각칼로 주름을 파낸 듯하다. 달리 할 말이 없다. 문득 영화 〈팩토텀〉 속 동네 노인이 주인공에게 던지던 대사가 생각난다.

"내가 잔 날이 네가 산 날 보다 많을 거야."

드디어 일이 시작된다. 층마다 돌며 바닥에 널린 온갖 잡것들을 주워 담고 쓰는 일이다. 두 글자로 청소. 잭팟이다. 데뷔전으론 이만한 게 없을 것이다.

마대에 쓰레기를 주워 담으며 창식과 이야길 나눈다. 고향 말고는 접점도 없지만 일과시간의 수다는 언제나 즐거운 법이다.

"넌 뭐 하는 놈이냐? 대학생이냐?"

"한참 전에 졸업했습니다."

"그럼 취업 준비하면서 알바하는 거냐?"

"뭐, 비슷합니다."

"이 일 오래 할 거 못 된다. 적당히 하고 빨리 직장 들어가라."

앞으로 수백 번은 더 듣게 될 말의 시작이었다.

일이 너무 쉬워 뭘 배우고 자시고 할 것도 없었다. 그럭저럭 시간은 흘러 점심시간. 김밥천국을 피해 다른 곳에서 식사를 해결 후 현장으로 돌아온다. 창식은 곧장 폐지를 매트리스 삼아 드러눕는다. 난 그저 서성이다 건물 높은 곳에서 바깥을 내려다본다. 사람들이 오간다. 어딘가 소속된 이도 있고 그렇지 않은 이도 있다. 난 그 중간이다. 중요한 건 자신의 의지, 선택 여부이다. 기왕 이렇게 된 거 어디까지 갈수 있을지 한번 해볼 작정이다. 이런저런 잡생각에 잠도 오지 않는다. 곧 한 시가 되고 다시 일을 해나간다.

쉬운 일이 시간이 더 잘 간다는데 오늘은 그 반대였다. 시간은 허공에 멈춘 듯했고 작업반장을 볼 때면 다른 일을 시킬까 봐 조바심이 들기도 했다. 하지만 군대든, 집이든, 공사장이든, 편의점이든 시간은 가기 마련이기에 마침내 우린 퇴근을 하게 되었다.

작업복은 하루 더 입어도 될 만큼 깨끗했다. 짐을 챙겨 거리로 나오자 창식이 또 오뎅을 사준다. 사람들 사이에 섞여 사무소로 돌아간다. 일당을 받고 창식과 인사를 나눈 후 또 한 번 사람들 사이에 섞여 집으로 돌아간다. 삶은 반복이고 그 반복 속엔 패턴도 있다. 그리고 난 이제 막 새로운 패턴을 습득하는 중이었다.

공포의 공구리

영화 〈세븐〉의 시나리오 작가는 수년간 레코드 가게에서 일하며 밤에 글을 썼다고 한다. 그는 결국 모든 걸 보상받았다. 나라고 그렇게 되지 말란 법은 없기에 나름의 계획, 일종의 루틴을 만들기로 했다. 일주일에 사흘을 일하고 남는 시간에 글을 쓴다. 글을 쓰고 남는 시간엔 책과 영화를 본다. 그리고 또 남는 시간에 술을 마신다. 완벽한 계획이다. 난 하늘로 날아갈 준비가 되었다. 난 내 심장의 힘만으로 살아 움직이는 자체 동력발전소이다. 원대한 이상을 품고 개발 이틀차에 나서기로 하였다.

어제와 같은 시간 같은 버스를 탄다. 동지들에게 맘속으로 인사를 보낸 후 버스에서 내려 사무소로 향한다. 내심 어제 그 현장에 또 갔으면 하는 바람이 있지만 꼭 그렇지 않아도 상관없다. 무슨 일이든 할 수 있다는 긍정적 사고가 있다. 사무소 내부. 먼저 와있는 창식과 보일 듯 말 듯 고갤 끄덕여 보인다. 아침의 사무소에선 쓸데없이 입을 열지 않는 게 좋다. 괜히 소장의 눈 밖에 났다가 며칠 일을 못 나갈 수도 있으니. 순간 백전노장의 냄새를 풍기는 영감이 사무소에 들어와 다짜고짜 외친다.

"모타 한 명!"

깜짝 놀란 소장이 욕지기를 참아 넘기며 입을 연다.

"자, 지원자 없나?"

모타가 뭔진 모르겠지만 전부들 소장의 눈을 피하고 있다. 하지만 난 젊고 호기롭다. 희망에 가득 차 뭐든 할 수 있다는, 이곳에선 절대적으로 버려야 할 마인드로 소장의 눈을 똑바로 바라본다.

"그래, 원숭이! 다녀오니라!"

영감은 쟁기 끌 소라도 보듯 날 훑더니 들어왔을 때와 마찬가지로 성큼성큼 걸어 나간다. 사무소 앞엔 원래 색이 뭐였을까 궁금한 봉고가 한 대 서있다. 좌석이 쓰레기 천지라 올라타기도 전에 적잖이 소동을 벌여야 한다. 이쯤 되면 눈치챘겠지만, 여기서도 된장 냄새가 난다. 곧 봉고가 출발한다. 대화 없는 차 안에 전운이 감돈다. 막 기지개를 켜는 바깥세상을 보며 오늘은 어디를 가게 될지, 어떤 걸 보고 느끼게 될지 초조히 기대해본다.

커다란 빌딩 골조가 세워진 곳에 도착했다. 컨테이너에 들어서니 네 명의 인부가 일하기 싫어 죽겠다는 얼굴로 믹스커피를 마시고 있다. 다들 인상이 어찌나 험악한지 해적선에 끌려온 기분이다. 옷을 갈아입고 있는데 인부 하나가 장화를 건넨다. 수산물시장에서나 보던 목이 긴 종류이다. 잠시 후 굉음과 함께 레미콘이 들어서는 걸 보고야 오늘 일이 공구리, 즉 콘크리트 작업이라는 걸 알게 되었다. 순간 어제 보았던 콘크리트 경력 사십 년 노인 얼굴의 주름이 떠올랐다. 스멀스멀 불안한 기운이 엄습해온다.

현장은 공구리를 제외한 모든 시공이 끝난 건물 바닥으로 그물 형태의 철골로 이뤄져 있다. 우리는 여기에 시멘트를 붓고 평평하게 만드는 작업을 할 것이다. 우선 레미콘 꼬랑지에 엄청나게 긴 파이프를 연결해 현장까지 이어간다. 그 끝엔 '자바라'라고 부르는 일종의 고무관이 달려있다. 팀의

리더, 여기선 영감이 자바라를 잡는다. 영감의 신호에 레미콘 기사가 시멘트를 흘려보낸다. 좍-좍- 자바라를 통해 엄청난 양의 시멘트가 쏟아져 나온다. 영감은 시멘트가 한 곳에 쌓이지 않도록 자바라와 한 몸이 되어 움직인다. 여기 한 번, 저기 한 번, 여기 두 번, 저기 세 번…. 곧이어 또 다른 영감(영감2)이 커다란 바이브레이터를 바닥에 꽂고 시멘트를 무르게, 다시 말해 퍼뜨리기 좋게 만든다. 두 영감이 한 지점을 끝내고 이동하면 대기하던 나머지 인부들이 '너까래'로 평탄화, 소위 말하는 '나라시' 작업을 한다. 이 과정을 반복해 팔십 평 정도의 부지를 하루 만에 끝내 버리는데, 실로 엄청난 속도이다.

내 임무는 바이브레이터에 이어진 모터를 들고 영감2의 뒤를 따라다니는 것이었다. 이름하여 모타맨. 언뜻 단순한 일처럼 보였지만 결과부터 말하자면 생초짜인 나에게 이 일은 고통 그 자체였다. 노가다의 난이도는 크게 일, 환경, 사람 세 가지 요소로 나뉜다고 보면 된다.

예를 들어 40kg의 짐을 나르는 건 그 자체로 힘든 일이다. 여기에 계단처럼 거지 같은 환경이 들어가게 되면 일은 두 배로 힘들어진다. 마지막으로 같이 일하는 인부들이 고집불통에 분노조절장애라면 그 일은 세상에서 가장 힘든 일이 될 수도 있다. 오늘 일은 세 가지 모두 최악이었다. 우선 무거운 모터를 들고 시멘트의 강을 전진하는 것 자체가 만만찮다. 거기다 건물구조가 복잡한 탓에 움직임에 제약이 생기며 난이도 하나 상승. 철근을 밟고 다녀 뻐근한 발로 구조물을 오르내리는 건 죽을 맛이었다. 그리고 인부들 — 두 영감은 대략 십오 분에 한 번씩 싸워댔다. 한 시간에 네 번씩 오전에만 열다섯 번 정도를 싸웠는데 늘 있는 일인 듯 아무도 둘을 말리지 않았다. 이 두 파이터는 주먹이 오가는 마지막 선만은 간신히 지키고 있었고 난 그저 내 일에만 집중하려 애썼다. 어릴 적 부모님의 부부싸움을 외면해본 경험이 있는 이들은 이 심정을 알 것이다. 실수로 모터를 시멘트에 빠뜨리기라도 하면 저들은 날 바닥에 묻어버릴 것이다.

영겁의 네 시간이 지나고 점심시간. 아귀처럼 밥을 해치운 후 건물 구석에 드러누웠다. 도저히 오후를 버텨낼 자신이 없었다. 사무소를 떠날 때의 포부는 이미 사라졌다. 앞으로 개발을 계속할 수 있을까? 이게 사람이 적응할 수 있는 일인가 — 어제의 콘크리트 노인은 어떤 사십 년을 살아왔단 말인가?

"일어나게!"

개발에 뛰어들다

호통에 잠에서 깬다. 이럴 수가 벌써 한 시다. 영감 둘은 이미 도구를 들고 일을 시작하고 있다. 그 모습이 마치 삼지창을 든 쌍둥이 포세이돈 같다. 인간을 괴롭히는 악독한 신들…. 장화를 꿰뚫는 시멘트의 냉기를 느끼며 다시 일을 시작한다. 어느새 온몸이 시멘트투성이가 되었다. 난 여기 이 자리에서 고통받기 위해 태어났다는 생각이 든다. 저 멀리 알지 못하는 누군가를 미워해 보지만 아무런 위안도 되지 않는다. 군대에서 수천수만 번 외쳤던 주문, 시간아, 제발 좀 가라를 외우고 또 외워본다. …흐르긴 흐른다. 어느새 세 시. 그동안 두 영감은 네 번 정도 더 싸웠는데 이번엔 분위기가 심상치 않다. 랩 같은 욕이 이어지나 싶더니 한순간 영감2가 바이브레이터를 집어던지고 너까래를 움켜쥔다. 그제야 두 사람 사이에 끼어드는 팀원들. 영감2는 분을 못 이긴 채 현장을 떠나버린다. 큰 한숨을 내쉬며 고갤 젓는 리더 영감. 그가 좀 더 나은 사람이었다.

사람이 줄었는데 일의 속도가 빨라지는 괴현상이 일어났다. 싸움에 얼마나 많은 시간을 허비했는지 알 수 있었다. 대타로 바이브레이터를 잡게 된 양반은 훨씬 일을 편안하게 한다. 똑같은 동작이지만 훨씬 유연한 것이 품위마저 느껴지는 것 같다(물론 내가 바로 직전까지 너무 고생한 탓도 있다).

조금이나마 여유가 생기자 다시 머리가 돌아가기 시작한다. 저 영감 둘은 왜 그렇게 싸워댔을까? 매일 저 수준으로 싸운다면 둘 중 하나는 일을 그만두어야 할 것이다. 노가다판엔 불같은 이들이 너무나 많고 그들의 성질머리가 원래 그 모양인지 험한 일을 오래 한 탓에 고약해진 것인지는 주변인들 외엔 알 수 없는 노릇이다. 여기서 난 제삼자에 불과하지만 그들을 알고 싶다. 사람을 이해하고 싶다. 이건 세상 어디든 적용할 수 있는 질문이고 앞으로 개발을 해나가는 동안 풀어가야 할 숙제 중 하나이다.

일을 멈추고 참을 먹는다. 그래, 개발판엔 참이란 게 있었지. 동네 슈퍼에서 사 온 빵에 우유 하나. 자그마한 음식 앞에 모두가 평등해진다. 시멘트에 딱딱해진 손으로 빵을 뜯어 먹는다. 이게 뭐라고 이리 맛있단 말인가. 바람이 시원하게 느껴지는 걸 보니 이 지옥 같은 일도 끝나가긴 하나 보다.

마침내 끝났다. 어제와는 비교도 안 될 정도로 엉망이 된 옷을 보자 헛웃음이 나온다. 세탁기에 돌렸다간 당장에 배수구가 막힐 것이다. 그냥 버리고 새 작업복을 만들어야겠다.

"수고했다."

말 한마디 없던 인부들이 그제야 한마디씩 던진다. 영감은 끝까지 꼿꼿하다. 그는 그런 사람이다.

사무소에 돌아오자 일은 할 만했냐며 소장이 말을 걸어온다. 죽을 뻔했다고 말할 수는 없기에 그냥 할만했다고 답한다. 일당을 받으며 모타를 외치는 사람 뒤는 절대 따라가지 않겠다는 다짐을 한다.

집으로 돌아가는 버스 안, 앉아가는 날이 오긴 올까 또 의문을 품는다. 삶은 반복이다.

내 사랑 나의 집. 샤워를 하고 나오니 새사람이 된 듯하다. 저녁을 먹자 뭔가 더 할 수 있겠다는 생각마저 든다. 그래 좀 더 치열하게 살기로 했잖아? 꼭 날을 정해놓고 글을 써야 하는 건 아니다. 앞서 〈세븐〉의 작가는 일이 끝난 저녁에 글을 썼다고 하지 않았던가. 누군가 그렇게 했다면 그건 나도 그렇게 할 수 있다는 얘기다.

노트북을 챙겨 동네 커피숍으로 향한다. 삼십 분 후, 졸고 있는 날 발견한다. 진짜 피로 앞에서 카페인은 아무 소용 없다는 결론이 나왔다. 집에 돌아오기 무섭게 곯아떨어졌다.

하루가 지났지만 한 글자도 쓸 수 없었다. 온몸이 쑤셨고 눈이 따끔거려 모니터를 보기도 힘든 그런 어정쩡한 상태가

온종일 이어졌다. 〈세븐〉의 작가를 흉내 내다니 나의 오만이었다. 우선 일을 몸에 익히고 몸살이 나지 않는 몸을 만들어야 한다. 공구리를 통해 멀쩡한 육신 뒤에 멀쩡한 정신이 따라올 수 있음을 뼈저리게 느끼게 된 셈이다.

개발에 뛰어들다

인생 첫 개발의 추억

공구리의 후폭풍은 이틀간 지속되었고 난 미라처럼 이불 속에 누워있었다. 그저 멍한 상태였고 오른팔에 알이 배긴 걸 핑계로 글을 쓰지도 않았다. 가슴이 울렁대며 영감 비슷한 게 떠오르기도 했지만 그게 다였다. 난 무기력했다. 진짜 작가들은 그 순간 글을 쓸 것이다. 노트북이 없으면 종이에, 종이가 없으면 벽지에라도. 머릿속에서만 돌아가는 단어들은 아무 소용이 없다. 활자화가 되어야 꼬리에 꼬리를 물고 계속 나아갈 수 있다. 하지만 난 젊음 특유의 게으름으로 일관했다. 오늘만 날이 아니라 내일도 있다는 생각. 이건 개발과도 중첩되는 부분이 있다. 오늘 번 돈은 오늘 탕진하리라. 내일 또 벌면 되니까. 이게 한 달이 되고 일 년이 되고 십 년

공사장 한복판에서 영화를 외치다

이 되고 평생이 된다.

인터넷 서핑이 지겨워지면 누워서 공상을 한다. 왔으면 하는 미래상, 판타지를 꿈꿔 보지만 바보짓임을 알고 이내 관둬버린다. 차라리 과거를 회상해보자. 역주행은 때론 도움이 되기도 하니까. 지금의 몸 상태를 과거에 대입해본다. 물떡처럼 축 처진 상태 — 대학 시절의 인생 첫 개발이 떠오른다. 사실 그때도 미래를 위해 개발을 몸에 익혀야 한다는 생각을 하긴 했었다. 언제든 원할 때 일할 수 있다는 메리트와 시간 대비 파격적인 일당. 바로 위 단락에서 개발의 부정적인 면을 얘기하긴 했지만 자기관리만 따라준다면 이건 꽤 좋은 일이 될 수도 있다. 세상 모든 일에는 양 측면이 있지 않겠나. 하다못해 동전도 앞뒤가 있는데.

글이 벌써부터 긍정과 부정을 왔다 갔다 하는 것이 영락없는 조울증 환자 꼴이다.

유년 시절, 어딜 돌아다니든 인력개발이라 적힌 간판을 심심찮게 볼 수 있었다. 그건 우습고 일차원적인 말이었다. 사무소 내부를 상상할 때면 노예시장이 그려지기도 했는데 돌이켜보면 그때의 난 미래의 나를 비웃고 있는 셈이었다.

개발에 뛰어들다

꼬마가 나이를 먹으면 징글징글한 중2가 된다. 그 중2가 나이를 먹으면 놈팽이 스무 살이 된다. 스무 살이 된 나는 친구와 함께 인력사무소로 향했다. 술값이 모자랐고 옷도 사고 싶었고 돈 걱정 없이 피씨방에서 밤을 새우고 싶기도 했다. 사무소의 공기는 바깥과 사뭇 달랐다. 묘한 긴장감이 깔려 있었고 참전용사 같은 인부들을 보며 진짜 어른의 세계에 한 발 얹은 듯한 기분이 들었다. 여기서 살아남으면 진짜 남자가 되리라. 칠면조 훈제에 맥주를 마시며 이 영웅담을 널리 알리리라. 운 좋게 일을 배정받고 친구와 난 각자의 전장으로 떠났다. 같은 현장에 갔다면 좋았겠지만 사실 일을 하게 된 것만으로도 감지덕지였다.

초등학교 창고 이삿짐 정리를 하게 되었다. 단편적인 기억, 이미지가 떠오른다. 푸른 하늘, 운동장에서 뛰노는 아이들 웃음소리, 소박한 모래바람, 가구 하나 들지 못하는 날 보며 한숨 쉬는 업체 사장. 어리고 경험이 없다는 방패로 하루를 넘길 수 있었다. 그리고 다음 날 몸살 성장통이 따라왔지만 내 주머니엔 사만 오천 원이 들어있었다. 해낸 기분이 들었고 계속해내고 싶었다. 어쩌면 부자가 될 수도 있다는 생각이 들었다.

다시 인력사무소로 향했다. 이번엔 친구가 한 명 더 따라

왔는데 그놈도 금의환향을 꿈꾸고 있었다. 또 일을 배정받았고 우린 다들 찢어졌다. 난 부산대역으로 향했다.

신축 극장에 소음방지벽을 붙이는 일이었다. 간단했다. 쿠션 비슷한 무언가에 본드를 바른 후 천을 뒤집어씌우면 끝이었다. 이걸 벽에 붙이는 건 현장 직원들의 몫이었고 난 그냥 사다리만 잡고 있으면 되었다. 시간이 술술 갔다. 나와 한 팀이었던 아저씨는 내가 일을 빨리 배운다며 자릴 만들 테니 매일 출근하라 하였다. 사무소를 거치지 않고 바로 나오면 일당이 오만 원, 당시 시급이 천팔백 원 정도였던 걸 생각하면 난 진짜 부자가 될 운명이었다. 아저씨는 내가 퍽 귀여웠는지 계속해 말을 걸어댔다.

"그래, 넌 뭐 하는 놈이냐 대학생이냐?"

"네. 학생입니다."

"등록금 보태려고 알바 나왔냐?"

"…"

"휴학 중이냐?"

"아뇨, 학교 다니고 있는데요."

"그럼 수업은?"

"…"

갑자기 아저씨는 말이 없어졌다. 우리 사이엔 침묵이 흘

개발에 뛰어들다

렸고 난 내가 모든 걸 망쳤다는 걸 깨달았다. 그에겐 나만 한 아들이 있었던 것이다. 몇 시간 후 친구 하나가 이쪽으로 원정을 왔다. 생각보다 일이 빨리 끝나 이쪽 일을 거들라고 보내진 것이다. 아저씨는 친구에게도 같은 질문을 했다.

"너도 대학생이냐?"

"네. 학생입니다."

"수업은?"

"그건…"

같은 결과가 나왔다. 우린 말없이 일만 했다. 친구는 여러 모로 서툴렀지만 아저씨는 그냥 보고만 있었다. 일이 끝나갈 때쯤 드디어 그가 입을 열었다.

"느그들 내일부터 나오지 마라."

그렇게 부자의 꿈은 하루 만에 끝나버렸다.

사무소에서 일당을 받았다. 또 다른 친구는 아시바(높은 곳에서 작업할 때 재료 운반 또는 위험물 낙하 방지 등을 위해서 임시로 설치하는 지지대) 위에서 일했다며 다시는 여길 오지 않겠다고 한다. 난 운이 좋은 편이었지만 다음번은 모르는 일이었다. 아버지의 그것과 같았던 아저씨의 눈빛도 떠올랐다. 하지만 그건 찰나의 죄책감이었고 어느새 난 피씨방 밤샘을 끊으며 이 사치를 영원히 누리고 싶단 생각을 하고 있었다.

운은 지속되지 않았다. 풋내기를 써줄 현장은 많지 않았고 공치고 돌아온 후엔 두 배의 피로로 죽음과 같은 잠에 빠져들었으며 어쩌다 일해 번 돈은 맥주 거품처럼 사그라들었고 새벽 네 시 반에 눈을 뜬다는 건 곧 불가능한 일이 되어버렸다. 어영부영 시간은 흐르고 있었고 일 년 후 나와 친구들은 군대라는 지상 최대의 인력사무소에서 강제 개발을 하게 되었다. 제대 후 일에 대한 자신감이 하늘을 찔렀지만 다시 사무소를 나갈 일은 없었다. 어쨌든 청춘이었고 내 생각이야 어떻든 여전히 난 철부지였다.

스물여섯 살이 되었다. 학교 복도에선 후배들의 인사가 끊이지 않았다. 난 이놈들 때문에 훗날 무슨 일이 생기는지도 모른 채 실실 웃어대기만 했다(타임머신이 있다면 절대 소갈비 집은 가지 않으리라). 어쨌든 난 졸업 영화를 찍고 있었고 그건 돈이 많이 들어가는 일이었다. 내 시나리오는 탐욕스레 돈을 잡아먹고 있었고 얼마 못 가, 난 빈털터리가 되었다. 심지어 촬영을 끝내지도 못했다. 다른 방법이 없었기에 옛 기억을 떠올려 인력사무소로 향했다. 오 년 만의 컴백이었다.

개발에 뛰어들다

거긴 여전했지만 예전보단 덜 두려웠다. 난 사학년이고 대선배에다 내 영화를 찍고 있었다. 자신만만했다. 잠시 후 일을 배당받았는데 울산 원정이었다. 이 좋은 부산을 놔두고 울산까지 가야 한다니, 예감이 좋지 않았다. 봉고에 올라타니 사람이 아무도 없었다. 가는 길에 한 명씩 태울 거니 제일 뒷자리에 앉으라고 한다. 곧 차가 출발했다. 과연 오늘의 동지들이 차례로 탑승하기 시작한다. 할머니, 할머니, 또 할머니, 그리고 할머니…. 도대체 무슨 일인지 짐작도 되지 않았다. 어느새 자리는 하나밖에 남지 않았고 나를 제외한 모두가 할머니들이었다. 이 귀여운 할머니들은 소풍이라도 가듯 수다를 떨어대고 있었고 난 뒷좌석에서 불안감을 떨치려 애쓰고 있었다. 얼마 후 드디어 남자가 한 명 탑승했다. 오오…. 그는 비쩍 마른 할아버지였다(이하 할매할배로 부르기로 한다). 아무 할 말이 없었다. 힘을 쓸 사람이라곤 나밖에 없는 현실. 어떻게 혹사당할지, 어떤 끔찍한 미래가 올지 알 수 없었다.

현장에 도착했다. 지은 지 얼마 안 된 아파트 단지였는데 밭에 잔디를 심는 게 오늘의 일이라고 한다. 한 바퀴 둘러본다. 어마어마한 부지였고 새로 도착한 봉고가 끝없이 할매들을 내려놓고 있었다. 남자라곤 나와 할배를 포함해 열 명 정

　　　　　　　　　　　공사장 한복판에서 영화를 외치다

도밖에 되지 않았다. 생각을 정리할 새도 없이 일이 시작된다. 남자 둘에 할매 열 명 정도가 한 팀이 되어 아파트 한 동에 달라붙는다. 나와 할배가 서로를 멀뚱멀뚱 보는 사이 할매들은 몸뻬바지로 환복 후 호미로 밭을 일구기 시작했다. 프로의 솜씨였다. 곧 초대형 트럭의 문이 열리고 안을 가득 채운 떼(잔디 덩어리)가 모습을 드러냈다. 나르라고 한다. 난 한 번에 두 개씩, 할배는 하나씩 날랐다. 우린 계속 날랐고 할매들은 미리 일구어놓은 밭에 떼를 심었다. 확실한 역할 분담, 막상막하의 난이도이다. 수없이 왔다 갔다 하는 거나, 종일 쪼그려 앉아있는 거나 다리가 부러지는 듯한 느낌은 똑같을 것이다. 시작은 할 만했지만 곧 그 느낌은 사라졌다. 장치 하나가 고장 난 듯 땀이 흐른다. 간신히 트럭 한 대를 해치우자 뒤편에 숨어있던 트럭이 다가와 곧바로 문을 연다. 그 뒤로 트럭의 행렬이 있다는 걸 여태 몰랐다. 갑자기 기운이 쏙 빠지며 피라미드의 돌덩어리를 나르는 노예의 기분이 든다. 분노가 솟구친다. 누군가를 미워하고 싶고 자연스레 그 표적은 할배가 된다. 한 번에 서너 개씩 날라도 모자랄 판에 세월아 네월아 하나씩 나르고 있으니 이게 지금 뭐하자는 짓인가? 까딱 잘못하면 해가 지고도 집에 못 가는 최악의 수가 나올 수 있다. 하지만 그는 연장자, 그가 잔 날이

개발에 뛰어들다

내가 산 날보다 많기에 난 아무 말 할 수 없었다. 대신 난 무언의 압박을 가하기로 했다. 보란 듯 떼를 여러 개씩 나르며 눈치를 주는 것이다.

'자, 빨리 끝내고 집에 가자고요, 영감님도 막걸리 한잔해야 할 거 아닙니까?'

하지만 그는 요지부동, 여전히 같은 속도로 떼를 하나씩 나르고 있었다. 결국 난 다시 두 개씩 나르기 시작했다….

시간은 흘러 오후 세 시. 다리가 후들거리고 허리 역시 끊어질 거 같다. 역대급 몸살이 예감되고 있었고 밭과 트럭과 떼는 끝이 없었다. 이게 정녕 사람이 할 수 있는 일이란 말인가? 하지만 다들 하고 있다. 그것도 할매할배들이. 할매들은 허리 한번 펴지 않은 채 밭을 일구고 있었고 할배는 여전히 같은 속도로 떼를 하나씩 옮기고 있었다. 그에 반해 난 떼를 두 개는커녕 하나도 들기 힘들 지경이었고 속도 면에서도 할배에게 추월당한 지 오래였다. 지금 여기서 후달리는 사람은 나밖에 없다는 걸 인정하는 순간 깨달았다. 하나씩 나르는 것이 노가다의 요령이란 것을, 무슨 일이든 자기 페이스를 지켜야 함을. 할배는 일머리를 아는 대선배였고 난 그저 풋내기, 아무것도 아닌 티끌에 불과했다. 내가 쓴 시나리오는 가짜일 뿐이었다.

할배를 따라 떼를 하나씩 나르기 시작한다. 말 한마디 없는 그는 이제 나의 동지이다. 침묵 속에서 계속 들고 나른다. 할매들의 재잘거림이 귀에서 울리다 다시 멀어져간다. 어느새 난 고요와 소란 사이를 오가며 일하고 있었다. 둘 다 필요한 것이었고 미래의 어느 날 이 순간을 기억하게 될 것이다.

해질녘에야 일이 끝났다. 역전의 용사, 할매할배를 따라 봉고에 올라탄다. 부산까지는 두 시간, 끔찍하게도 먼 길이다. 할매들은 아직 기운이 넘치는지 곧바로 수다를 떨기 시작한다. 그 소린 나에게 자장가와 같다. 꾸벅꾸벅 졸다 보니 어느새 사무소 앞. 일당을 받고 길을 나선다. 집까지는 또 한 시간이 걸린다. 몸이 무너져 내리는 기분. 하지만 씻고 먹고 자고 다시 나오기 위해선 가야만 한다. 순간 찍어놓은 분량만으로 영화를 편집해 버릴까 고민했지만 곧 그러지 않기로 했다.

다음 날 새벽 네 시 반. 예상대로 역대급 몸살이 났지만 억지로 억지로 몸을 일으켰다. 역시 목구멍이 포도청이란 말인가.

사무소에서 일을 배당받고 나오자 또 봉고에 올라타라고 한다. 설마 하는 사이 차는 어제와 같은 코스를 달린다. 아

개발에 뛰어들다

니, 이럴 수는 없다. 정녕 신은 없단 말인가? 좌절감에 온몸이 떨린다. 오늘 난 끝장나 버릴 것이다. 기도란 걸 해보지만 봉고는 어제의 아파트 단지로 향하고 있었고 난 결국 모든 걸 내려놓기로 했다. 순간, 봉고가 방향을 틀어 떼 없는 평화의 세상으로 달리기 시작한다. 아아, 그때의 기쁨을 말로 표현할 수가 없다.

무슨 일을 했는지는 기억나지 않는다. 어쨌든 떼 옮기기보단 수월했고 무사히 하루를 보냈던 거 같다. 하나 기억나는 건 점심시간의 식당에서 어제의 할매들을 다시 만났던 것인데 그들은 날 부산 총각이라 부르며 진심으로 반갑게 맞이해주었다.

겹겹이 쌓인 구름 속을 떠돌다 현재로 돌아온다. 그 옛날의 그림자가 쭉 늘어나 지금 이곳으로 날 데려다 놓은 기분이었다.

문득 난 아주 오래전부터 내가 공사장에 가게 될 것임을 알고 있었단 생각이 들었다. 과거를 본다는 건 현재를 넘어 미래를 보는 일이기도 하다. 회상 속에서 발견한 인간성이 내게 큰 위안이 되었다.

내일은 어떻게든 몸을 일으켜 일을 나가봐야겠다.

노가다의 두 전설

고통스런 나날이 이어졌다. 몸만들기는 쉽지 않았다. 일한 다음 날은 대체로 흐리멍덩했기에 아예 쉬지 않고 일을 쭉 나가보기로 했다. 그래야 몸도 빨리 적응할 거 같았고 뭘하든 내 시간을 온전히 누릴 수 있을 거 같았다. 우선 닷새를 연속으로 일하고 다음 한 주를 통째로 쉬기로 했다 — 둘째 날 공구리에 걸렸고 그걸로 끝이었다. 난 다시 몸져누웠다. 어떤 현장에 가게 될지 모른다는 것이 가장 큰 문제였다. 노가다로 먹고 살려면 기술 삼십 가지를 알아야 한다는 말을 들은 적 있는데 어느 세월에 그걸 다 익힌단 말인가? 난 아직가야 할 길이 구만리였다.

하수처리장인지 뭔지를 만드는 엄청나게 큰 현장이 있었다. 일은 삼십 분 더하고 일당은 오 천원 적은 곳이었는데 그나마 하는 일은 편하다는 말이 있었다. 인부 대부분이 그곳을 꺼렸기에 소장의 화살은 자연히 나를 향했고 난 군소리가 없었다. 거긴 천천히 일을 배우며 체력을 끌어올리기에 안성맞춤인 곳으로 보였다. 곧 나는 매일 출근하게 되었다.

그곳은 비리의 온상이었고 난 결국 온갖 부당함을 다 견뎌야 했다. 최악은 점심밥이었는데 한 사람당 오천 원으로 책정된 밥값을 누군가 오백 원씩 떼어 가는 바람에 고기가 나오는 법이 없었다. 고기랍시고 내장이나 껍데기 등이 밥상에 올랐고 그 덕에 식당은 매일이 아비규환이었다. 욕 소리가 그치질 않았으며 인부들은 매일 점심마다 저 높은 곳에 있는 누군가를 말로 죽여대고 있었다. 물론 나도 거기 동참했다. 바닥에 속한 인부들이 이 커다란 절을 바꾸는 건 불가능했다. 싫으면 떠날 수밖에 없었고 그건 부당함의 극치였지만 달리 다른 수가 없었다. 여긴 인간 하수가 넘치는 쓰레기장이었지만 어쨌든 난 개발을 심화시켜야 할 운명이었고 어쩌면 여기 몸담는 동안 사물의 다른 측면을 발견하게 될지도 모를 일이었다. 난 확실히 개발 기승전결의 기에서 승으로 넘어가는 과정에 있었다.

거기서 일하며 좋았던 점 하나는 온갖 뜨내기, 괴짜들을 다 볼 수 있다는 것이었다.

첫날이었던 걸로 기억한다. 2인 1조로 방수포를 접는 일을 하게 되었다. 동 수준으로 넓은 부지였기에 접어야 할 방수포가 수백 장은 되었고 덕분에 종일 접기 놀이를 하며 시간을 보낼 수 있었다. 화창한 날씨에 인부들도 기분이 좋았다. 난 아직 여길 잘 몰랐지만 다들 이 썩어빠진 현장에 힘을 낭비하지 않아도 된다는 사실에 만족하고 있었다. 곧 노가리 삼매경이 시작되었고 막내였던 난 가만히 이야길 듣기만 했다. 그것만으로도 좋았다.

그날 현장엔 굉장히 수다스러운 인부(대충 경배라고 부르자)가 한 명 있었는데, 그는 말을 멈추면 죽는 병이라도 걸린 듯 끊임없이 뭔가 얘기하고 있었고 주제는 선악을 뛰어넘은 세상 모든 것이었다. 너무 빨리 화제가 바뀌는 통에 따라잡기 힘들 정도였지만 어쨌든 경배는 위트란 게 있었다. 갑자기 그는 이 망할 노가다를 하지 않고도 먹고 살 수 있는 방법을 내게 물어보았다. 우물쭈물하는 사이 다른 인부들이 한마디씩 던진다. 치킨집부터 동네 컴퓨터 가게까지 별의별 일이 다 튀어나왔고 대부분은 자영업이었다. 대답을 듣고 그날 처음으로 조용해진 경배는 뭔가를 곰곰히 생각하는 듯했다. 잠

개발에 뛰어들다

시 후 그는 노가다를 계속하는 게 좋겠다는 결론을 내렸다. 이유는 알 수 없었다. 그는 곧 최근 만나고 있는 여자에 대해 떠들어댔다. 유부녀라고 한다. 같이 지루박 수업을 듣고 있다며 몸소 시범을 보이기도 했는데 여간 즐거워 보이는 게 아니었다. 자기가 바람의 대상, 은밀한 무언가가 됐다는 것이 맘에 든 모양이었다. 유부녀 남편 입장에서 경배는 방수포에 말아 바다에 던져야 될 놈이었지만 여기에서의 그는 그냥 유쾌한 놈일 뿐이었다. 모두가 웃어댔다.

경배는 곧 노가다계의 두 전설에 대해 이야길 시작했다.

첫 번째 전설의 주인공은 '면목동에서 산전수전 공중전 모두 다 겪은 전설의 임 부장'이었다. 경배는 임 부장이 주어가 될 때마다 '면목동에서 산전수전 공중전 모두 다 겪은 전설'이란 말을 빼먹지 않고 붙였는데 그 덕에 모두가 본격적인 이야길 듣기도 전에 임 부장을 전설로 받아들이게 되었다(산전수전 뭐시기 때문에 이야긴 한없이 늘어지고 있었다). 들자 하니 임 부장은 일과 내내 말 한마디 없이 머신처럼 일하는 개발맨이었다. 성격도 나쁘지 않은 거 같았지만 문제는 퇴근길이었다. 임 부장은 일상복과 작업복의 구분이 따로 없었고 땀에 절은 옷이 퇴근길 지하철에서 문제가 된다는 걸 모르고 있었다. 하필 경배의 집은 임 부장과 같은 노선. 맘 같아선 모르는 사람인 양 떨어져 가고 싶지만 어디 그게 쉬운 일인가. 덜컹덜컹, 만원인 지하철 속 나란히 선 경배와 임 부장을 그려본다. 경배가 사람들의 눈총을 견디는 사이 임 부장은 노가다에 대한 일장 연설을 시작한다. 다른 이야기는 아무것도 없다. 오로지 노가다, 오로지 개발이다. 일과 내내 막아뒀던 둑이 그제야 터진 듯 찌렁찌렁한 목소리로 임 부장이 외친다.

"쁘레까는 그렇게 잡으면 안 돼!!"

"아니 노 반장이 항공 마대에 공구리를 담으라는데 그게 말이 되냐고?!"

"박 씨 그 병신 같은 놈도 목수라고!"

경배에게 퇴근길은 고통이었다. 냄새는 참을 테니 제발 노가다 얘기만이라도 자제해줬으면 하는 게 경배의 바람이었다.

"하여튼 면목동에서 산전수전 공중전 다 겪은 전설의 임 부장 그 사기꾼은…"

순간 경배는 실언을 한 것처럼 서둘러 입을 닫았다. 이야긴 그걸로 끝이었고 마지막 단어 덕에 모두가 임 부장을 사기꾼으로 생각하게 되었다.

두 번째 전설의 주인공은 소주영감이었다.

"내가 아는 양반 중에 사우나에서 지내는 양반이 하나 있는데…"

첫마디에 집이 없는 사람이란 걸 알 수 있었다. 소주영감은 노가다 경력 이십 년의 베테랑으로서 강산이 두 번 바뀌는 동안 하루도 거르지 않고 소주를 일곱 병씩 마셔왔다고 한다. 사우나에서 지내면서도 씻지 않는다는데 그 돈을 아껴 소주를 사 먹는다나 뭐라나(샤워 비용이 따로 드는 곳인 듯했다). 심지어 옷도 갈아입지 않은 채로 자다가 아침이 되면 그 상태 그대로 사무소에 나간다고 하는데 이건 뭐 임 부장을 가볍게 넘어서는 수준이었다(문득 절대 씻지 않았다는 고대 바이킹들의 이야기가 떠올랐다. 그들의 피부는 그 자체로 갑주였다). 과장이 좀 섞이긴 했겠지만 경배는 진지했다. 심지어 술을 같이 마신 적도 있다는데 영감에게 소주 네 병은 그냥 물이요, 다섯 병은 돼야 취하기 시작하며 일곱 병을 비워야지만 탁! 소릴 내며 잔을 내려놓는다고 한다. 일곱 병씩 이십 년이면 오만 천백 병이다. 난 아직 그가 살아있다는 걸 믿을 수 없었다. 그는 말 그대로 리빙레전드였다.

누군가 영감의 근황을 물어보았다. 경배는 영감이 몇 달 전 퇴근길에 넘어져 허리를 다친 상태라고 알려주었다. 왠지

짠했고 모두들 혀를 차 댔다. 하나, 반전이 있었으니 영감은 일하다 다친 것도 아니면서 억지로 구색을 맞춰 하루 팔만 원씩 한 달이나 돈을 타 먹었다고 한다. 경배의 마지막 말은 소주영감이 사기꾼 중의 사기꾼이라는 것이었다.

그렇게 두 전설은 사기꾼이란 걸로 이야기가 마무리됐다.

다음 날 목수 일을 거들고 있는데 경배가 허겁지겁 달려오는 게 보였다. 바로 근처에 임 부장이 있다며 소개해준다는 것이었다. 굳이 그를 볼 필요는 없지만 어쨌거나 일을 쉴 수 있기에 그러기로 하였다. 잠시 후 멀리 건물 외벽에 쪼그려 앉은 이가 보였다. 전설은 못을 뽑고 있는 중이었다.

"얘 같이 일하는 동생인데요, 형님한테 인사하고 싶다네요."

"안녕하세요."

임 부장은 장도리를 내려놓고 날 물끄러미 바라보았다.

"그래… 수고해라."

그게 끝이었다. 난 다시 일하던 곳으로 돌아와 임 부장의 그 점잖은 얼굴이 퇴근길 지하철에서 바뀌는 모습을 상상해 보았다.

"큭…"

갑자기 웃음이 나왔다.

얼마간 시간이 지난 후의 일이다. 여느 날과 다름없는 아침이었고 난 사무소 의자에 앉아 일 배정을 기다리고 있었다. 순간 묵은 된장 냄새를 풍기는 영감이 비틀비틀 다가와 내 옆자리에 앉았다. 실로 지독한 냄새였고 난 숨을 크게 들이마시지 않기 위해 애를 써야만 했다. 트림에 소주 냄새가 풍겨 나오는 것이 밤새 마시다 온 모양이다. 주변 인부들이 자릴 옮기기 시작했지만 난 타이밍을 놓쳐버렸다. 오 분이나 지났을까, 영감은 졸기 시작했고 난 자릴 뜨는 대신 그를 관찰하기 시작했다. 최소 한 달은 빨지 않은 듯한 작업복, 티셔츠의 키치스러운 문구(GOT WATER?)가 바지 주머니에 꽂혀 있는 소주병과 묘한 조화를 이루고 있다. 그리고 영감은 왼손가락 두 개가 없었다. 사고로 잃은 것인지 도박 빚에 잘려 나간 건지 알 수 없지만 험난한 인생을 보냈음이 틀림없었다. 그때 영감이 눈을 뜨더니 소주병을 꺼내 한 모금 들이켰다. 라스베가스를 떠나는 니콜라스 케이지의 말년을 보는 듯하다. 절대 일할 수 있는 상태가 아니었건만 소장은 그걸 아는지 모르는지 영감에게 일을 배정해버렸다. 영감은 씩 웃으며 사무소를 빠져나갔다. 괜찮을까⋯ 순간 인부 하나가 소장에게 다가가 귓속말을 건넨다. 눈이 휘둥그레진 소장이 밖으로 뛰쳐나가고 곧 욕 소리가 복도에 쩌렁쩌렁 울린다.

"빌어먹을 중독자 놈 못 죽어 안달이지…"

투덜대며 돌아온 소장은 영감 대신 다른 인부를 현장에 보냈고 나도 곧 사무소를 나서게 되었다. 순간 이십 년간 소주를 일곱 병씩 마셨다는, 사우나에서 지내며 씻지도 않은 채 일을 나선다는 노가다의 전설 소주영감이 떠올랐다. 난 그를 본 거 같았다.

며칠이 더 지났다. 난 여러 인부들과 환승을 위해 왕십리역으로 이동하고 있었다. 아직 이른 시간이건만 서울의 지하철역은 이미 사람들로 넘쳐나고 있었다. 그때 멀리 바닥에 드러누운 채 경찰에게 꼬장을 부리고 있는 노숙자가 눈에 들어왔다. 사람들은 그를 피해 멀리 돌아가고 있었다. 잠시 후 난 노숙자가 되어버린 소주영감을 보게 되었다. 골판지 박스 옆엔 빈 소주병과 허접한 김치 접시가 놓여있었다. 인부들 모두 혀를 차며 모른 척 지나쳤다. 난 그들보다 조금 더 바라보았다. 하지만 그리 오래는 아니었다.

종일 기분이 언짢았다. 그건 어쭙잖은 동정이었고 한데 섞인 길 잃은 불쾌함이었다. 영감은 일을 못 나가면 분명 구걸을 해서라도 소주를 사 먹을 것이다. 그는 다른 수만 가지의 길을 벗어나 그 자리에 이르게 되었고 그가 그때 그곳에 존재하는 순간 그건 필연이 되어버렸다. 그 자신과 세상의 완벽한 합작품. 그 생각이 머리를 떠나지 않았다.

　그가 소주영감이 아닐 수도 있다. 그저 내 감상이 만들어 낸 허상일지도 모른다. 어쩌면 그게 전부일 것이다.

너무 쉬워 힘든 일

하수처리장에서는 딱히 기술을 배울 것이 없었고 그렇다고 체력이 좋아지는 거 같지도 않았다. 그럭저럭 일하며 하루를 보내는 게 전부였다. 하지만 매일 공칠 염려 없이 출근할 수 있다는 안도감과 쾌감이 있었다. 난 선택받은 이였고 어딘가 쓸모 있는 인간이었다. 꾸준히 일하는 동안 현장의 은어를 하나둘 이해하게 되었고 그건 내가 그 세계에 속해가고 있음을 의미했다. 조금씩 두려움이 사라지고 있었다. 사무소에 앉아있을 때마다 들던 느낌 ― 홀로 이방인이 된 듯한 기분이 더는 들지 않았고, 거친 이들과 함께 일을 해나간다는 자부심이 생겨났다. 그건 차라리 허세에 가까웠지만 난 그걸 종종 드러내며 즐기기도 하였다.

　하수처리장엔 내일로 미뤄둔 온갖 자질구레한 일이 넘쳐
났고 그건 곧 막내인 나의 몫이 되었다. 고철 줍기, 자제 옮
기기, 못 뽑기, 물 뜨기, 분리수거 등 말 그대로 허드렛일이
었고 종일도 할 수 있는 것들이었다. 난 쉬엄쉬엄 일하는 내
내 공상에 빠져들곤 했고 노동과 땀, 자신을 지키는 것의 의
미를 생각해보려 했다. 하지만 치열하지도 않은 상태에서 그
런 걸 생각할 순 없는 법, 돌고 돌아 떠오르는 거라곤 일이 끝
나면 뭘 먹을지와 연락 끊긴 여자 후배에게 다시 연락할 방
법 같은 것뿐이었다. 결국 난 너무 힘들어 고통밖에 느껴지
지 않는 일과 너무 쉬워 안일한 생각만 떠오르는 일 중간쯤
의 노동이 제일 좋다는 개결론에 도달했다. 막상 시키면 쉬
운 일을 원할 게 분명했지만.
　난 종종 편안했지만 여기가 절대 아늑한 곳은 아니었다.
앞서 말한 바 있듯 온갖 비리가 넘쳐났으며 괴짜들이 서로를
죽여대는 사이 정글에서 밀려난 이들은 각자의 방식으로 자
신을 지켜야만 했다. 서 반장도 그런 이 중 하나였다. 잠시
그의 이야길 해볼까 한다.

서 반장은 하수처리장과 장기계약을 맺은 한 업체의 정직원이었다. 대략 열 명 정도의 정직원이 매일 현장에 나왔으며 이들은 아침마다 적정량의 인부를 할당받고 자신의 일을 해나갔다. 서 반장의 보직은 청소 반장이었다. 그날 그는 나를 포함한 인부 넷을 배정받았고 우린 기술이 없는 뜨내기들이었다. 곧 우린 그의 차를 타고 부지를 돌아다니기 시작했다. 현장 곳곳의 쓰레기통을 비운 후 기계실로 자리를 옮겨 청소를 하는 게 그날의 일이었다. 날씨는 화창했고 서 반장은 차를 천천히 몰았다. 고요했다. 얼마 후 첫 번째 쓰레기통이 나왔고 우린 대형봉투와 집게를 들고 차에서 내렸다. 쓰레기통은 텅 비어있었고 달리 할 일이 없었다. 우린 지각한 예비군마냥 담배꽁초 몇 개를 주운 후 다시 차에 올라탔다. 쓰레기통 사이의 거리는 멀었고 서 반장은 여전히 차를 천천히 몰았다. 마치 캐디를 따라 골프장을 이동하는 듯한 기분이 들었고 하마터면 콧노래를 부를 뻔도 했다. 다음 쓰레기통이 보였다. 또 텅텅 비어있었다. 일을 안 할 수는 없기에 우린 집게를 들고 주월 배회하는 척했다. 주울 것도 없었다. 다시 차에 탄 후 출발했다. 다음 쓰레기통도 비어있었고 그다음도 마찬가지였다. 대략 한 시간 동안 오십 칼로리 정도 소모한 거 같았다. 우린 정말 할 게 없었다. 너무 할 게 없어

　개발에 뛰어들다

서 근처 수돗가에 호수를 연결해 쓰레기통을 씻기로 했다.

순간 서 반장이 진지해졌다. 사실 차를 천천히 몰았을 뿐 그는 처음부터 진지했었다. 난 그를 그날 조회 시간에 처음 봤지만 주변 동료들의 태도를 보며 그가 어떤 위치에 있는지 바로 알 수 있었다. 그들은 서 반장을 굼뜨고 무능한 이로 여기며 무시해댔고 동료들이 한 자리씩 차지하고 남은 마지막 자리인 청소 반장이 결국 그의 운명이었다. 때문에 그는 자신을 보여주고 싶어 했다. 자기가 얼마나 합리적이고 능력 있는 사람인지, 맡은 바 임무를 얼마나 명확하게 해낼 수 있는지 증명하고 싶어 했다. 그의 심정을 완벽히 이해한다. 나라도 그랬을 것이다. 하지만 문제는 그 의지를 동료들이 아닌 내일이면 나오지 않을 수도 있는 우리에게 보여주려 하는 것이었다. 그는 우릴 모아놓고 이야기했다.

"자, 머릴 모아봅시다. 어떻게 해야 이 일을 더 쉽고 합리적으로 할 수 있겠습니까?"

예상치 못한 질문에 다들 말이 없었다. 이 일을 어떻게 더 쉽게 한단 말인가? 그는 잠시 대답을 기다리다 나를 처다보았다.

"젊은이, 쓰레기통을 합리적으로 씻을 수 있는 방법이 없을까요?"

난 쓰레기통을 합리적으로 씻는 건 생각해본 적도 없었다. 그저 호수로 물을 뿌리고 솔로 문지르면 끝일 거 같았다. 그건 그게 전부인 일이었다. 그때 누군가 입을 열었다.

"그… 물을 뿌리고… 솔로 좀 문지르면… 괜찮지 않나…?"

그는 말끝을 흐렸다. 하지만 서 반장은 크게 만족해 당장 그렇게 일을 진행하자고 외쳤다. 과연 그렇게 했다. 물을 뿌리고 솔로 문지른 후 다시 물을 뿌려 씻어냈다. 오 분이면 끝날 일이었지만 서 반장을 실망시킬 수 없었기에 우린 과하게 움직이며 십 분 이상을 투자했다. 힘은 들지 않았지만 기분이 야릇했다. 이 사람이 우릴 속이고 있는 건지 정말 진지한 건지 알 수 없었다. 어쨌든 우린 그렇게 일을 진행했다. 쓰레기통은 많았고 우린 하나하나 청소해 나갔다. 두 명이서 해도 될 일을 네 명이 붙어 더없이 합리적으로 씻어 나갔다. 갑자기 예비군에서 이등병이 된 기분이었다.

물청소를 끝내자 점심시간이었다. 두 시간이면 끝날 일로 오전을 다 보낸 셈이다. 인부들은 오전을 날로 먹었다며 다른 보직의 인부들에게 자랑해댔고 다들 우릴 진심으로 부러워했다. 쉬운 일은 자랑삼아 떠들고 힘든 일은 욕을 섞어 떠드는 게 개발 현장의 문화였다.

개발에 뛰어들다

곧 한 시가 되었고 우린 다시 서 반장 앞에 모였다. 그는 기계실에서 우리가 해내야 할 임무에 대해 연설했고 작업 도구는 밀대걸레와 행주, 세정제 세 가지였다. 두 사람이 밀대를 밀고 나머지 두 사람이 행주로 난간과 파이프를 닦기로 하였다. 중요한 건 이번에도 일을 합리적으로 해내야 한다는 것이었다. 그는 우리가 힘든 꼴을 절대 볼 수 없는 거 같았다.

일이 시작됐다. 기계실은 꽤 넓었지만 아무리 넉넉잡아도 한 시간이면 모든 일이 끝날 거 같았다. 난 행주를 잡았고 같은 곳을 수십 번도 넘게 더 닦았다. 아예 광채가 흐를 정도였고 기계실을 이렇게 청소한다는 걸 믿을 수 없었다. 곧 세정제가 다 떨어져 일을 하는 척했고 잠시 후엔 그것마저 힘들어졌다. 그래서 우린 좌에서 우로 위에서 아래로 끝없이 서성이기 시작했다. 그건 좀비의 모습이었다. 간혹 운이 없으면 서 반장과 마주치기도 했지만 그도 서성이고 있었기 때문에 문제 될 건 없었다. 시간은 굼뜨게 흘러갔고 계속 서성이는 것도 할 짓이 아니었기에 참을 먹자는 서 반장의 말에 다들 반색하였다.

두 시 반. 참을 먹기엔 아직 한 시간이나 이른 시간이다. 우린 조용히 빵과 우유를 먹었다. 상념에 젖어있는 서 반장

공사장 한복판에서 영화를 외치다

을 방해해선 안 되었다. 그는 일을 재개하자는 말을 하지 않았고 인부들끼리 눈치만 보는 의미 없는 시간이 흐르고 있었다.

세 시 반. 드디어 서 반장이 거동했고 우린 그가 뭐든 새로운 일거리를 던져주길 바라고 있었다.

"기계실을 한 번 더 닦아볼까요? 그게 좋을 거 같습니다."

세정제가 떨어졌다는 말은 할 수도 없었다. 우린 다시 좀비가 되어 서성이기 시작했고 좀비의 삶은 너무나 불행했기에 절대 그들에게 물려선 안 될 것이었다.

네 시 반. 아직 일이 끝나려면 한 시간 이십 분이 남았다. 당시 일반 개발 현장은 다섯 시에서 다섯 시 반 사이에 일을 끝내는 게 보통이었지만 이 거지 같은 현장은 어떻게 계약을 맺었는지 다섯 시 오십 분까지 인부들을 부려 먹고 있었다. 그것도 돈은 오천 원 덜 주면서 말이다. 공상에도 한계가 있었고 난 지쳐가고 있었다. 그때 서 반장이 우릴 불러 모았다. 그는 마치 절대 권력을 휘두르듯 당당히 말했다.

"여기까지 합시다. 내가 책임질 테니 귀가하세요! 정말 수고 많으셨습니다."

서 반장은 머뭇대는 우리의 눈을 보며 힘을 불어넣었다.

"이런 날도 있어야죠. 괜찮으니 가보세요."

개발에 뛰어들다

그는 세상에서 가장 좋은 사람이었고 난 그를 위해 죽을 수도 있었다. 다들 허릴 굽혀가며 서 반장과 인사를 나눴고 거리에 나섰을 땐 채 다섯 시도 되지 않은 시간이었다.

꽁으로 시간을 벌었기에 사무소 근처의 친구와 한잔하기로 했다. 그는 당시 과도기였고 집에서 쉬는 중이었지만 나에겐 따끈따끈한 일당이 있었다. 우린 주먹 고깃집으로 향했다.

'술과 고기가 준비되어 있으니 잠시 쉬었다 가심이 어떤가?'

고깃집의 문구였고 우린 마다할 이유가 없었다.

서 반장이 화두에 올랐다. 난 그때 개발 세계의 괴짜들을 얘기하는데 재미가 들려있었고 친구는 이야기를 들을 줄 알았다. 난 서 반장을 어설프게 호기로운 인물로 생각했다. 잠시 왕이 된 여우처럼 힘을 보여주고자 했지만 워낙 천성이 착했기에 그건 엉뚱한 방향으로 흘러간 것이다. 친구가 고갤 끄덕이다 부언했다.

"인부들에게 태도로서 인정받고 싶었던 건 아닐까? 어쩌면 그냥 좋은 사람이고 싶었을지도."

비슷한 듯 다른 말. 하지만 그게 더 맞아 보였다. 친구는 통찰력이 있었고 난 기분이 더 좋아졌다. 이야길 나눌 수 있는 벗이 있어 다행이었다. 인정, 그것이 나에게도 필요했다.

우린 당연히 한잔 더 마시러 갔다. 이번엔 닭발집이었고 맛보단 누추한 분위기가 좋아 들르는 곳이었다. 마시는 사이 우린 점점 더 취해갔다. 어느새 귀가 시간이 되었고 친구를 보낸 후 내 주머니엔 팔천오백 원이 들어있었다. 젠장⋯. 난 술에 흠뻑 취했고 너무도 피곤했다.

다른 수가 없었다. 난 택시를 탔고 그걸로 하루는 끝이었다.

개밭에 떠어들다

쓰레기 국물과 사회의 이면

하수처리장에서의 운수도 다해가는 거 같았다. 누가 장난이라도 치는 건지 매일 일의 난이도가 올라가고 있었고 서반장 같은 이는 다신 만날 수 없었다. 본격적인 여름이 시작되었고 매일이 땡볕이었다. 그늘 따윈 없었다.

하루는 폼(form)을 나르게 되었는데 그간 허드렛일만 해왔던 나에게 그건 재앙 그 자체였다. 그 무지막지한 철판 때기를 사람 키보다 높은 짐짝 위에 올려놓아야 했는데 난 딱하나 들어 올린 후 기진맥진해버렸다. 몸을 비틀고 용을 써대는 사이 마음속에선 증오가 피어올랐다. 불공평했다. 돈은 적게 주며 사람들을 부려 먹는, 심지어 밥도 허접하게 주는 곳에서 이런 일을 시킬 수는 없는 거였다. 더는 이곳에 있고 싶지 않았다. 체력을 키우더라도 다른 곳에서 키우고 싶었다.

밤에 비가 내리며 들끓은 몸이 차분히 가라앉았다. 난 이적의 〈rain〉을 들으며 생각해보았다. 그리고 운에 걸어보기로 했다. 아침에 비가 그치면 좀 더 일을 나가고 그렇지 않으면 휴가에 들어가기로. 괜찮은 생각 같았고 그건 무조건 내가 이기는 도박이었다. 두 달 정도 쉴 돈은 이미 모아놓았다. 거기에 자금을 더 쌓거나 지금 바로 시작하거나 둘 중 하나였다. 어쩌면 깡으로 더 버틴 후 세 달간 긴 휴식을 취할 수 있을지도 모른다. 그 경우 정말 멋지게 놀 수도 있을 것이다. 나이트에서 룸을 잡을 수도 있다. 테이블은 더 이상 내게 어울리지 않는다. 거기서 난 농염하고 이지적이며 순수한 동시에 퇴폐적인 연상의 여인을 만날 것이다. 그 정도 여인을 만나려면 새 옷이 몇 벌 필요하다. 어쩌면 구두도. 목 긴 양말과 스웨이드 벨트, 손목시계와 뿔테안경 그리고…

멍청한 생각을 하느라 몇 시간 자지도 못했다. 실눈을 떠보니 비가 그쳤다. 계획대로 일을 나가야 했지만 습기를 머

개발에 뛰어들다

금은 몸은 천근만근이었다. 난 스스로를 속여 넘길 핑계를 생각하기 시작했고 하루 만에 결심을 뒤집을 위기에 놓여 있었다.

……아니다. 난 나를 개발 중이다. 일어나는 거다. 의지를 보어라.

난 가까스로 일어나 고양이 세수 후 길을 나섰다. 괜한 투지가 운명을 꼬아버릴 수도 있다는 걸 꿈에도 모른 채.

뙤약볕. 그 말이 맞았다. 비 온 다음 날이라 더욱 끔찍했다. 난 쥐포 가장자리처럼 새카맣게 탈 운명이었다. 여름날 백전노장들은 몸 전체를 토시로 가린 채 일을 했지만 난 도저히 그렇게 할 수 없었다. 그랬다간 숨이 막혀 쓰러질 것이다.

땀을 비 오듯 흘리는 팀장 하나가 나와 인부 몇을 데리고 어딘가로 향했다. 그냥 걷는 것만으로도 땀이 흘렀고 나와의 싸움은 그렇게 시작되고 있었다. 이건 게임이다, 출석 체크 하듯 버텨보자. 하루 더, 또 하루 더, 기왕 한 거 하루만 더. 잠시 후 쓰레기 야적장이 보였다. 넓은 부지에 걸맞게 야적장은 엄청난 규모를 자랑하고 있었고 대충 봐도 쓰레기로 꽉 찬 항공 마대가 이백 개는 되어 보였다. 방수포를 어설프게 덮은 탓에 대부분의 마대가 간밤의 비를 피하지 못했고 그 결과 사방에 쓰레기 국물이 넘쳐나고 있었다. 그리고 이걸 다 끄집어내 분리수거를 하는 것이 우리의 일이었다. 좌절. 그것뿐이었다. 여기 서 있는 걸 믿을 수 없었다. 난 여기 오지 않을 수 있었고 지금쯤 국밥에 소주나 한잔 걸치며 여유를 부릴 수도 있었다. 하지만 다 망쳐버렸다. 난 신이 준 마지막 기회를 걷어차고 제 발로 똥통 속에 들어와 버린 것이다.

짤 없이 일이 시작되었다. 마대는 쳐다보기도 싫을 정도였지만 달리 수가 없었다. 시험 삼아 쓰레기를 한 움큼 꺼내보았다. 단 한 번에 목장갑이 시커멓게 물들어 축축해졌다. 페트병, 라면 봉지, 마스크, 장갑, 콘돔(빌어먹을), 각종 장비 부스러기 등 온갖 잡다한 것들이 다 나왔고 우린 그걸 바닥에 분류 후 새 마대에 옮겨 담았다. 최악은 음식 쓰레기였다. 파리 때문에 손을 흔들다 쓰레기 국물이 얼굴에 튄 순간엔 이성을 잃을 뻔했다. 난 저주할 수 있는 모든 걸 저주했다. 항상 최악 위에 또 최악이 있었고 그 끝은 지금보다 백배는 더 끔찍한 일이 될 것이었다. 성공하지 못하면 영원히 이일을 하게 될 수도 있다. 확률적으로 얼마든지 가능한 얘기다. 더운 날씨와 짜증에 내 사고는 이미 극단으로 치닫고 있

개밭에 뛰어들다

었다. 일이 거지 같아 그런지 아무도 우리를 건드리지 않았다. 잠시 허릴 펴고 있자니 투덜대는 소리가 들려온다. 종종 마주쳐 얼굴이 눈에 익은 왕발이란 사내였다.

"소장은 매번 이런 X(성기) 같은 곳만 보내고…. 내가 이걸 왜 해야 하는데?"

왕발은 참지 않고 내뱉고 있었다(나도 막내만 아니었음 그렇게 했을 것이다). 이제 내 사고체계는 사회의 이면, 보이지 않는 부분으로 향했다. 매일 엄청난 양의 똥이 쏟아져 나오지만 그게 우리 눈에 보이지 않는 건 누군가 그걸 치우고 정리하고 있기 때문이다. 하지만 곧 역부족이 될 테고 언젠간 인류 전체가 똥을 치우기 위해 모든 걸 내려놓아야 할지도 모른다. 하지만 대부분의 사람들이 신경 쓰지 않는다. 그건 자신과는 무관한 일, 다른 누군가가 해야 할 일일 뿐이다. 당연하다. 누가 자신이 똥을 치우는 사람이 될 것이라 생각하겠는가. 하지만 거리의 노숙자를 보라. 그들이 과연 자기가 그렇게 될 것이라 생각했을까. 인생이 자신의 뜻과는 완전히 다르게 흘러가는 걸 막을 수 있었을까. 어떤 면에선 자본주의 사회에서 노숙자는 필수 요소이다. 모두가 잘살면 뽑기를 시켜서라도 무조건 노숙자를 만들어낼 것이다. 누군가 희생해야 세상이 돌아간다. 누군가는 죽고 누군가는 산다. 하지만 그 화살이 자신을 가리키는 순간 어떻게 받아들일 것인가.

잔뜩 인상을 찌푸린 날 보고 왕발이 다가온다.

"담배 있어?"

"안 핍니다."

쪼그려 앉은 나와 왕발을 따라 모두들 쉬어버린다. 우린 선지자이다.

혼자 있고 싶은 나에게 왕발이 계속 말을 걸어댄다. 이제 뭘 더 생각하긴 글렀기에, 적당히 맞장구쳐주기로 한다. 그래 오죽 힘들고 심심했으면 나에게 말을 걸었을까.

"며칠 봤는데 일 잘하더만."

"저 생초짜입니다."

"아냐 그 정도면 잘하는 거야. 대학생이야?"

"한참 전에 졸업했어요."

"그럼 잠시 쉬면서 알바?"

"뭐 비슷합니다."

"원래 하는 일이 뭔데?"

이런 젠장, 잠시 잊고 있었다 내 원래의 일을. 장갑이 물에 젖듯 나도 이곳에 젖어 하루하루 그냥 때우고 있었던 것이다. 순간 왕발이 고마웠다. 하지만 고민했다. 내 대답에 따

개발에 뛰어들다

라 하루의 운명이 갈릴 수도 있었다. 하지만 난 그 순간 그곳을 벗어나 진짜 나에게로 가고 싶었다.

"저 영화합니다."

순간 왕발의 눈이 휘둥그레졌고 난 곧바로 내 경솔함을 후회했다. 순식간에 교양인이 된 나는 오전 내내 왕발의 질문에 답을 해야만 했다.

"너 대단한 놈이었구나. 뭐 찍었어? 너 감독이야?"

"아뇨 연출부입니다…."

"그게 뭔데?"

"감독 보조하는 사람들요."

"아, 그렇구나. 너 이정재 봤어? 여자 연예인 본 사람 누구 있어?"

"전 전쟁영화만 해봐서 여자 연예인은…"

"전지현 예뻐? 에이 예쁘겠지, 넌 어떤 영화 좋아하냐? 나 어릴 때 그 영화 진짜 재밌게 봤었는데. 그 이름 멋있는 미국 배우 나오는 영화 있잖아. 막 도망가고 폭포에서 뛰고."

"…해리슨 포드 도망자?"

"그래 그거!! 와 너 대박이다!"

그는 끈질기게 날 따라다녔다. 나 역시 말동무를 원한 적은 있지만 이런 식은 아니었다.

공사장 한복판에서 영화를 외치다

시간이 흘렀다. 마대는 갈수록 더 험한 쓰레기를 내뱉었고 왕발은 여전히 옆에서 떠들어댔다. 신경이 분산되어 일이 편해진 것도 같기도, 그 반대인 거 같기도 했다. 모든 게 뒤섞였고 어쨌든 난 힘을 잃어가고 있었다. 어느 순간 난 대답을 얼버무리기 시작했고 그때부터 왕발은 아예 날 가르치려 들었다.

"원숭아, 내 생각에 영화는 이게 중요해. 너도 알아야 하는 거야."

"뭔데요?"

왕발은 얼굴을 찌푸리고 대답을 고민하기 시작했다. 그는 나에게 뭔가 아는 멋진 사람이 되고 싶어 했다. 순간 그의 대답이 궁금해졌다. 어쩌면 굉장한 무언가가…

"메시지."

"에?"

"메시지 몰라? 그게 중요해 영화에선."

"아…."

"너 성공하고 싶으면 형 말 기억해. 진짜야 이건."

다행히 점심시간이었고 우린 밥을 먹으러 갔다.

순수 야채와 묵으로만 구성된 점심을 먹게 되었다. 그게 결정타였다. 난 다신 이곳 하수처리장에 오지 않겠다고 결심했다. 빨리 여길 벗어나 영화를 보고 글도 쓰고 싶었다. 그건 이룰 수 있는 아주 가까운 미래였기에 오후를 버틸 힘이 되어주었다. 그 와중에 왕발은 날 동생으로 삼고 싶어 했다. 안 될 소리였다. 그는 개발계의 선배였지만 피곤한 스타일이었고 난 내 코가 삼백 자였다.

곧 오후 일과가 시작되었고 팀장은 더는 못 참겠는지 되는대로 일하기 시작했다. 그러자 모두 그걸 따라 하기 시작했다. 손을 쓰지 않고 삽으로 쓰레기를 퍼 담았으며 일과가 끝난 후의 결과물은 거의 말짱 도루묵 수준이었다. 분명 내일 같은 작업을 또 하게 될 것이다. 하지만 거기에 나는 없을 것이다.

사무소로 향하는 내내 왕발은 멈추지 않았다. 이제 영화 얘기는 끝났고 두 번째 챕터로 종교 이야기가 막 시작된 참이었다. 독실한 기독교 신자였던 왕발은 자기 교회에 나오라며 날 유혹하기 시작했다. 결국 난 이럴 때만 써먹는 스킬, 즉 태어날 때부터 천주교였다는 주문을 시전했다. 난 사실 무교에 가까웠고 성당을 언제 마지막으로 갔는지 기억도 나지 않았지만 그 말은 즉각 효력을 발휘했다. 왕발은 진심으로 아쉬워했으며 일당을 받고 헤어질 땐 내 폰번호를 물어보기도 했다. 두 달 정도 휴식을 가질 거란 내 말에 왕발은 또한 번 아쉬워했다. 마지막으로 그는 내게 악수를 청했다. 난그의 손을 잡았고 우리의 손은 따뜻하다 못해 뜨거울 지경이었다. 우린 돌아서서 각자의 길로 향했다. 순간 왕발이 날 부르며 다시 달려왔다. 그는 깜빡할 뻔했다며 가방 앞주머니에서 뭔가를 주섬주섬 꺼냈다. 그건 교회 찬송가 모음 CD였다.

"꼭 들어봐. 나 이거 듣고 거룩 받았어."

거룩 받았어 — 내가 기억하는 왕발의 마지막 대사는 그러했다.

거룩 은총 영광. 그게 무엇이든 받을 수 있는 날이 오길 바란다. 그에게도 나에게도.

개발에 뛰어들다

개발판의 군상들

물 대신 술, 문 반장

이틀을 늘어지게 자고 일어났더니 매우 상쾌했다. 난 고양이만큼이나 자는 걸 좋아한다.

대충 배만 채운 뒤 노트북과 책 한 권을 챙기고 길을 나섰다. 목적지라 해봐야 동네 커피숍이지만 새 옷으로 한껏 꾸민 지금의 난 누가 봐도 개발맨이 아닌 인텔리한 감독지망생이었다. 허영으로 몸을 감싸고 지성을 찾아 나서는 꼴이 우습지만 어쨌든 난 살아있었다.

난 여기저기 쏘다니며 최적의 환경을 갖춘 커피숍을 찾아보곤 한다. 커피 맛은 중요치 않다. 중요한 건 오가는 길의 여정과 커피숍 내외부의 분위기이다. 그것들이 날 상상의 길로 인도해준다. 고즈넉하게 가라앉은 거리 끝, 어딘가 그늘진 커피숍 정도가 좋다. 창밖 뒷골목에 연통, 실외기 등 빈티지한 것들이 보이면 베스트다. 하지만 이런 할렘가의 커피숍은 찾기도 힘들뿐더러 만약 찾더라도 너무 좁거나 손님이 아예 없어 사장과 대화를 해야 하는 불상사가 일어나기에 십상이다. 오늘은 그냥 다 때려치우고 동네 가까운 곳으로 왔다. 그 시간을 아껴 좀 더 많은 걸 해볼 생각이다.

오랜만에 작업 중인 시나리오를 읽어본다. 참담하다. 가야 할 길이 구만리 이상으로 내 미래보다 더 멀어 보인다. 결국 노트북을 덮고 책을 펼쳤다. 자리에 앉은 지 십오 분 만에 스티븐 킹의 세상으로 도피한다 — 순식간에 한 시간이 지나갔다. 이 엄청난 글은 곧바로 나에게 영향력을 발했다. 결국 좋은 건 하나로 통하게 되어 있었고 그건 내 글도 마찬가지였다. 쓸 수 있을 것 같았고 그래서 다시 노트북을 펼쳤다. 잠시 후 뭔가가 활자화되어 있었다. 억지로 숙제하듯 써놓은 글 속에서 인물들은 당위성 없이 조물주인 내 뜻에 따라 억지로 움직이고 있었다. 발전을 위해 필요한 일이라지만 어차피 버리게 될 글을 쓰는 건 기분이 좋지 않았고 결국 난 멈춰버렸다. 이젠 책도 읽히지 않았다. 빌어먹을 거장들은 쓸데없는 희망을 주곤 한다. 난 그저 바깥 구경이나 하며 노닥거렸다. 그러다 문득 개발 일기를 써야겠단 생각이 들었다. 그간 봐온 사람들의 모습과 대화들, 거기서 내가 느낀 바를 쓸 수 있을 것 같았다. 과연 써졌다. 메모에 가까운 짧은 글이지만 재미있었다. 심지어 웃을 수도 있었고 좀 더 나이가 들고 꺼내 봐도 좋을 듯했다. 하지만 내가 지금 쓰고 싶은 건 시나리오였기 때문에 이것 또한 멈추기로 했다. 개발은 조금씩 날 지배해가고 있었지만 그때 난 그걸 몰랐다. 그저 지나가는 일, 인생의 징검다리 중 하나일 뿐이라 생각했다. 개발 일기 역시 언제든 다시 쓸 수 있는 소소한 아이템 정도일 뿐이었다.

어쨌든 오늘은 허탕을 친 거 같진 않았다. 난 다시 기분이 좋아졌다.

국밥집으로 향했다. 돼지국밥을 먹고 싶지만 여기는 서울, 난 뼈다귀해장국과 소주를 시켰다. 얼마만의 여유인가? 한잔 쭉 들이켰지만 생각만큼 맛있지 않았다. 하긴 당연한 일이다. 땡볕 아래 죽어라 일하다 마시는 술과 이 술의 맛이 같을 수는 없다. 하수처리장을 다니기 직전 혜화역 부근 빌딩 지하에서 일한 적이 있었다. 불지옥과도 같은 현장이었는데 그 성질머리 한번 고약했던 작업반장이 참 대신 맥주를 사 왔더랬다. 한잔 들이켜자 온몸에 알코올이 퍼지며 탁한 기운이 역류해 올라와 트림으로 승화되는 것이 거의 쇼생크 탈출의 옥상 맥주 수준이었다. 이래서 삶은 살만한 것이라는 격양된 생각이 들 정도였다. 이렇듯 현장에서의 술은 때론 도움이 되기도 한다. 물론 위법이다.

하지만 그건 그때 한 번이었고 개발판에서의 술은 대체로 징그러운 듯했다. 많은 인부들이 일당을 받자마자 술집으로 향했다. 이들은 보통 밤새 마시기에 다음 날 쉬는 경우가 허다했고 출근은 자연히 풍당풍당이 되곤 했다. 특히 문 반장은 술로는 따라갈 수 없는 사람이었다. 나는 그와 딱 하루 일을 해보았다. 그날 우리 둘은 소장에게 아침 밥값을 따로 받고 동네 해장국집으로 향했다. 내가 선짓국밥을 먹는 동안 그는 막걸리 두 병을 깍두기와 함께 뚝딱해버렸다. 덕에 난 깍두기를 두 번이나 리필 해야 했다. 곧 우린 버스를 타고 목적지로 향했다. 버스에서 내릴 땐 바람이 쏠랑하니 시원했고 문 반장의 얼굴엔 여유가 넘쳤다.

"자, 천천히 가자고. 시간도 많응께."

그는 정류장 앞 슈퍼에서 막걸리와 소주를 각각 한 병씩 사 왔다. 그리고 난 아침 일곱 시 반에 슈퍼 평상에 앉아 문

개발판의 군상들

반장이 술을 다 마시기만을 기다리게 되었다.

"한잔할래?"

사양했다. 초짜인 내게 음주 개발은 아직 무리였다. 그는 별다른 안주도 없이 막걸리를 다 비우고 소주는 가방에 쑤셔 넣었다.

"어허이! 그럼 가볼까?"

현장에 도착해 문 반장이 제일 먼저 한 일은 500mL의 빈 페트병을 찾는 일이었다. 비교적 깨끗한 사이다병을 찾은 그는 수돗물에 그걸 한번 헹군 후 소주를 담기 시작했다. 꼴꼴꼴__ 누가 볼까 조마조마했다. 슈퍼 평상에서 담아오면 될 것을 왜 굳이 여기서 이러는지 알 수 없었다. 곧 일이 시작되었고 문 반장은 오전 내내 물을 마시지 않았다. 아예 찾지도 않았다. 그는 품에 생명수를 지니고 있었고 누구에게도 나눠주지 않았다. 점심시간이 되었다. 그는 호방하게 소주를 시킨 후 글라스에 따라 두 번 만에 없애버렸다. 정말 대단했다. 국민 점심 제육볶음은 그에게 안주일 뿐이었다. 그리고 오후 일과가 시작되자 문 반장은 또 한 번 페트병에 생명수를 채우기 시작했다. 어디 근처 슈퍼에 다녀온 모양이었는데 왜 미리 채우고 오지 않는 건지 죽어도 이해할 수 없었다. 하지만 그는 일하는 내내 한 치의 흐트러짐도 없었다. 이미

공사장 한복판에서 영화를 외치다

술과 하나인 그는 진정한 고수였다. 심지어 친절하기도 해서 난 그날 일에 대한 것만큼은 그에게 충분히 배울 수 있었다. 참 시간이 되었다. 현장 직원들은 아무것도 모른 채 막걸리를 사 왔다. 문 반장이 건배를 권했고 이번엔 나도 거절하지 않았다. 난 그다지 막걸리를 좋아하지 않았지만 그건 차원이 다른 맛이었다. 우리 둘은 쉬지 않고 들이켰다. 곧 일이 마무리되었다. 직원들과 인사를 나눈 후 우린 다시 버스 정류장으로 향했다.

"자, 천천히 가자고 시간도 많응께."

난 아침의 슈퍼 평상에 다시 앉게 되었다. 그는 여전히 말쩡했고 바람은 시원했다. 내 손바닥엔 초보자의 숙명과도 같은 물집이 잡혀있었다. 그걸 만지작대고 있자니 문 반장이 고갤 쓱 들이댄다.

"왜 그래?"

"아, 일이 서툴러서 그런지 손에 물집이 잡혔네요."

그는 쑥스러워하는 날 보며 씩 웃더니 자신의 손바닥을 보여주었다.

"아직 생겨."

할 말이 없었다. 나는 또 한 번 대학생이냐는 질문에 답해야 했고 그가 개발을 하면서 자식 셋을 대학에 보내고 유학

비까지 지원해주고 있다는 사실을 알게 되었다. 갑자기 그가 외로워 보였다. 술은 그를 지탱해주는 그 무언가였다.

　몸을 쓴다는 건 정직하면서도 고단한 일이다. 그건 언제나 1:1이다. 땀을 흘린 만큼 받을 뿐 더도 덜도 없다. 그리고 여기에 발을 담근 이들은 천천히 술에 젖어간다. 너무나 많은 개발인들이 술을 끼고 살아간다. 누군가는 원래 좋아해서, 누군가는 쑤시는 몸을 달래기 위해서, 누군가는 달리 할 일이 없어서, 또 누군가는 술을 마시는 자신이 싫어서 술을 마셔댄다.

　밥을 먹는 동안 소주를 반도 못 비웠다. 여전히 맛이 없었다. 평소 술을 좋아하냐는 물음에 그렇다고 답하는 나이지만 그건 상대와 얘길 나누며 마실 때였다. 문 반장처럼 종일 조금씩 마시는 건 상상도 한 적 없었다(그러고 보니 문 반장은 노가다의 전설 소주영감에 필적할 레벨이었다). 문득 다 먹지도 못할 술을 시켜놓은 꼴이 허세로 느껴졌다. 그래서 그냥 일어났다.

　집에 들어가 주정뱅이를 소재로 한 영화를 하나 볼까 싶었다. 괜찮은 생각 같았다.

노가다의 기본

노동에서 벗어난 인간은 완벽하게 행복할 수 있었다. 시간은 내 것이었고 누구도 날 간섭할 수 없었다. 난 책과 영화를 보며 대부분의 시간을 보냈고 퀄리티야 어떻든 조금씩 글을 써나갈 수 있었다. 바람을 쐬고 싶을 땐 도서관에 갔으며 가는 길에 발견한 벤치에 앉아 해 질 녘까지 책을 보기도 하였다. 평화로웠다. 종종 외로웠지만 그마저도 자아를 느낄 수 있는 순간 같아 맘에 들었다.

이 짧았던 평화의 시기에 새롭게 눈에 띈 것들이 있었으니 그건 바로 개발 현장이었다. 정말 너무나도 많았다. 도심과 변두리, 대로변과 골목 그 어디를 가든 크고 작은 개발 현장이 있었고 횡단보도 앞에서 고갤 돌리는 것만으로도 빌딩 사이 기중기를 서너 개는 볼 수 있었다. 건물을 둘러싼 펜스와 아시바, 철골 위에서 나른하게 움직이는 인부들, 고요한 오후에 울려 퍼지는 망치와 절단기 소리. 전에는 인식조차 못 했던 것들이 이제 내 걸음을 멈추게 하고 있었다. 묘한 연대감과 저 땡볕에 있지 않아 다행이라는 안도감. 이 둘이 섞인 감정을 어떻게 설명해야 할까?

평화가 끝난 건 결국 돈 때문이었다. 인간은 먹어야 살 수 있는데 난 술까지 먹어댔으니 결과는 예정된 거나 다름없었다. 두 달은커녕 한 달이 조금 지나자 통장 바닥이 드러났다. 돈 따위를 버느라 글 쓸 시간을 낭비할 수 없다고 외친 랭보라는 사나이도 있지만 난 아직 시인도 뭐도 아니었다. 내 글은 습작 수준이었고 수익 같은 건 기대할 수도 없었기에 남은 방법은 단 하나, 개발뿐이었다. 하지만 호우 시절을 겪은 뒤라 그런지 당황스러울 정도로 일을 나가기 싫었다.

일단 버텨보았다. 공과금은 대충 다 납부한 상태였고 외출만 하지 않으면 돈을 쓸 일도 없었다. 커피 대신 물을 마셨고 냉동실 깊은 곳 정체 모를 튀김을 밥 삼아 연명하는 사이 서바이벌 게임을 하는 듯한 쾌감이 들기도 했다. 하지만 마

공사장 한복판에서 영화를 외치다

음의 짐, 받아들여야 할 운명을 너무도 잘 아는 상태에선 도무지 집중을 할 수가 없었다. 좋은 생각이란 건 마음의 안정, 여유가 있을 때라야 가능한 것이었다.

결국 난 다시 작업복을 꺼냈고 마지막 돈으로 콜라를 사 먹었다. 행여나 내일 일을 못 하게 되면 종일 굶게 될 터였다.

"원숭이 오랜만이네. 두 달 만인가?"

한 달 만에 보는 소장의 인사말. 그는 종종 시간을 확장시키곤 했다. 자리에 앉으니 응당 와야 할 곳에 왔다는 기분이 들었다. 조금 착잡했지만 그게 다였다. 어쨌든 난 돌아왔고 다시 시작하는 수밖에 없었다. 일을 기다리며 주월 둘러보았다. 아는 얼굴이 제법 됐지만 같이 일을 나가본 이는 그리 많지 않았다. 나는 곧 나만의 오래된 게임을 시작했다. 아직 같이 나간 적 없는 이들의 스타일을 그들의 평소 행동거지로 추측해 보는 것이다. 저기 벽에 기댄 채 껌을 씹고 있는 사내는 내 생각에 합리주의자였다. 그는 평소 행동이 재빨랐으며 다른 이들과 달리 사무소 근처에서 노닥대는 법도 없었다. 같이 일을 나가면 딱 자신의 몫만 해낼 그런 사람처럼 보였다. 그에 반해 젤 앞자리의 벙거지아재는 분명 초빼이……

"노원숭! 최승식!"

껌을 씹던 사내가 벽에서 등을 뗐다. 소장은 내 맘을 읽기라도 한 듯 그와 나를 팀으로 묶고 시험에 들게 한 것이다. 밖으로 나오자 승식이 말을 건다.

"얼굴은 많이 봤는데 대학생이야?"

이 레퍼토리는 바뀌는 법이 없다. 우린 이런저런 얘길 나누며 동대문으로 향했고 난 이 컴백 무대에 제발 편한 일이 걸리기만을 바라고 있었다.

성공했다. 우린 청소를 하게 되었고 승식은 청소 외에 다른 일은 절대 하지 말라며 몇 번이나 으름장을 놓았다.

"노가다는 딱 하기로 한 일만 하면 되는 거야. 절대 쓸데없이 힘 빼지 마."

우린 설렁설렁 비질을 하며 시간을 보냈다. 한 시간이나 지났을까, 현장 책임자가 오더니 한 사람만 파이프 곰방(특정 자재를 지정된 장소까지 옮기는 일)을 해 줄 수 있냐 물어보았다. 그러자 승식은 당연히 가능하지만 우선 추가금 이만 원이 발생하며 곰방은 딱 곰방만 하는 게 이 바닥의 룰이기 때문에 자신은 지금 이 순간부터 청소를 하지 않을 것이고 파이프를 다 나르고 나면 그때가 몇 시든 집에 가겠다고 말했다. …책임자는 말이 없었다.

"싫으면 마쇼. 한 사람 더 부르든가."

결국 승식이 곰방을 하기로 했다. 파이프는 오후 두 시에 도착할 예정이었고 승식은 낮잠이나 자야겠다며 어디론가 사라져버렸다. 우라질 내가 사람 보는 눈 하나는 정확하구 나…. 난 오전 내내 혼자서 비질을 해나갔다.

승식은 점심시간에도 보이지 않았다. 단잠에 푹 빠져 있는 모양이었다.

시간은 또 흘러 두 시, 난 이제 그의 존재를 잊어가고 있었다. 순간 쿵쿵 계단 울리는 소리와 함께 무지막지한 파이프를 들쳐 멘 승식이 모습을 드러냈다. 완벽한 자세와 절도 있는 걸음걸이 ― 그는 그 힘들다는 계단 곰방을 축지법이라도 쓰는 양 아무렇지 않게 해내고 있었다! 감탄이 절로 나오는 솜씨였고 채 네 시도 되지 않아 곰방은 끝이 나버렸다. 승식은 책임자에게 보고 같은 건 하지도 않았다. 가방을 메고 휘리릭 사라지는 그의 뒷모습에서 왠지 모를 승리감이 느껴졌다. 완벽한 전문가, 조자룡처럼 당당한 모습. 난 잠시 그를 보다 다시 청소를 해나갔다.

다섯 시 반. 사무소에 돌아오니 웬걸, 승식이 날 기다리고 있었다. 얼굴도 텄는데 술이나 한잔하자는 것이었다.

"알지? 노가다는 뭐든 품빠이라는 거? 술값도 마찬가지 야."

황당했지만 호기심이 동하기도 해 그를 따라나섰다. 우린 곧 연탄 고깃집에 도착했고 승식은 남자 알바에게 간드러진 목소리로 말했다.

"언니, 나 고기 은은하게 익혀 먹을 거거든. 불 약하게 하는 거 알지?"

여기서 보니 승식은 애교와 절도가 섞인 종잡을 수 없는 사내였다. 어쨌든 그가 구운 고기는 야들야들했고 술이 절로 들어갔다. 난 그를 대선배로서 깍듯하게 대했고 이에 그는 기분이 퍽 좋아진 듯했다. 자신의 개발경력을 한참이나 늘어놓던 그가 문득 내게 물었다.

"넌 왜 노가다를 하는 거야? 이런 일 할 얼굴이 아닌데."

난 사실 내가 영화를 하고 있음을 말해주었다. 호기심 가득한 얼굴로 얘길 듣던 승식이 고갤 끄덕이다 입을 연다. 뭐가 어쨌든 이 바닥에 발을 들여놓은 이상 개발의 개념원리를 알아야 한다는 게 그의 요지였다. 맞는 말이었다. 계속해 그가 말했다.

"너 노가다의 가장 기본이 뭔지 알아?"

"모르겠는데요."

"철거야 철거."

"왜요?"

"뭐든 털어내야 새로 지을 수 있거든."

새로울 것도 없는 그 말이 내게 울림을 주었다. 아마 분위기에 취했기 때문이리라. 그건 지혜의 말이자 삶의 보편적 진리였고 보통의 인부들과 다름을 굳이 입증하기 위해 영화를 한다고 말하는, 누구든 알아봐 주길 바라면서도 그와는 정반대로 보이기 위해 초연함을 연기하는 지금의 내게 꼭 필요한 말이었다. 엠병, 나란 놈은 도대체 뭐란 말인가? 난 한껏 도취하여 느낀 바를 승식에게 말했다. 이런 효과를 기대하고 한 말은 아니었겠지만 그는 내 말을 이해한 거 같았고 내가 날 드러내자 그도 자신을 드러내기 시작했다. 우린 술을 들이부었고 곧 취해버렸다. 이제 승식은 자신의 처지를 얘기하고 있었다. 사업이 망해 빚을 떠안고 반지하로 집을 옮기자 여섯 살 난 딸아이의 몸에 아토피가 생겼다는 것이다.

"난 지금 내 삶이 너무 초라해….”

당당하던 그의 모습은 어디로 갔는지…. 취한데다 연륜 또한 없었던 난 적절한 위로의 말을 찾을 수 없었다. 난 그의 이야길 묵묵히 듣기만 했다. 그는 외로운 사람이었고 개발 현장의 모두가 외로울 것이며 최후의 순간에 그렇지 않기를 다들 바랄 뿐이었다. 난 강해지고 싶었지만 그냥 그렇게 보이고 싶은 것일 수도 있었다. 끝없이 비워내야 저 밑에 깔려 있는 원래의 나에게 도달할 것이다.

먹다 남은 고기가 타고 있었다. 일어날 때였기에 우린 일어났다. 난 무리해서 계산하려는 그를 가까스로 말릴 수 있었다.

"노가다는 뭐든 품빠이라면서요?"

만 원짜리 두 장을 내밀자 승식이 씨익 웃음을 짓는다. 난 진한 연대감을 느꼈고 그도 그런 거 같았다. 2차로 노래방에 가자는 그를 간신히 떼어놓고 돌아섰다. 분명 도우미를 부르자고 할 테고 그랬다간 이틀 치 품삯이 사라질 것이다.

세상이 빙글빙글 돌고 있었다. 거리의 네온사인이 멋있었다. 문득 그가 사무소에서 날 기다린 이유가 궁금했다. 그 짧았던 오전에 내게서 무언가 본 것인지 단순히 술친구가 필요했던 것인지 그 이유는 알 길이 없었다. 그날 이후 난 승식을 두 번 다시 보지 못했다.

일 년 정도가 지난 후의 일이다. 추석이었다. 사정이 있어 고향에 내려가지 못한 난 추석 당일 초저녁에야 잠에서 깼다. 편의점 도시락을 먹고 있자니 서글픔이 밀려왔다. 뭣도 아닌 일을 하느라 고향에도 못 내려가는 신세가 처량할 뿐이었다. 순간 핸드폰이 울렸다 — 최승식이었다. 이 좋은 명절날, 일 년도 더 전에 딱 한 번 보고 헤어진 내게 전화를 하다니. 지금 나의 쓸쓸함과는 비교도 안 되는 묵직함이 벨 소리에 실려 있었고 받을까 말까 고민하는 사이 전화는 끊겨 버렸다. 한참이나 핸드폰을 들여다보았지만 다시 전화를 걸 수 없었다. 일 년 전과 마찬가지로 여전히 난 내 코가 석 자였다.

그 뒤로도 승식의 전화가 종종 떠오르곤 했다. 그냥 밥은 먹고 다니나 궁금해 연락해봤던 건 아닐까. 그와 그의 가족의 안녕을 바란다.

뼈다귀 개발맨과의 하루

마른 해골. 줄여서 마해. 나의 우연한 착각에 의해 만들어진 말이다. 조지 오웰은 자전소설에서 굶주림에 꼼짝도 못하는 자신의 모습을 젊은 해골(보들레르의 시에 나온다고 한다)에 빗댄 적이 있는데 난 그걸 마른 해골로 잘못 봐놓고는 기똥찬 표현이라며 배를 잡고 웃었더랬다. 훗날 다시 본 후에야 내가 너무 넘겨짚었음을 알게 됐는데, 어쨌든 그건 내 무의식이 들어간 해석임에는 확실하다. '마른'의 의미가 물기 없이 말랐다는 것이든 살 없이 비쩍 마른 모양새를 말하는 것이든 해골이 말랐다는 건 정말 굉장한 일이고 종종 써먹을 만한 표현이기 때문이다. 그리고 시간은 흘러, 난 마른

공사장 한복판에서 영화를 외치다

해골에 필적할만한 뼈다귀 아저씨와 개발을 하게 되었다.

그는 처음엔 투명 인간 같았다. 난 사무소에서 그와 같이 나왔음에도 그의 존재를 알지 못했다. 현장에 도착하고 나서야 사람이 한 명 더 있음을 알게 됐는데, 똑같은 타이밍에 옷을 다 갈아입은 걸로 보아 그는 우리와 같은 시간, 같은 교통편을 이용해 여기로 왔음이 틀림없었다(스파이를 해도 될 거 같았다). 하지만 한번 인식이 된 후의 그의 존재감은 어마어마했다. 적어도 나에게만큼은. 세월이 한참 지난 지금에도 난 그를 생생히 그려낼 수 있다. 그는 말 그대로 마해였다. 165cm 정도의 키에 45kg도 되지 않을 거 같은 덩치, 너무도 퀭한 얼굴은 한 달 이상 굶은 베트남 병사를 연상시킨다. 자세는 구부정하며 햇볕에 그을린 갈색 피부엔 건강미라곤 없다. 하얗게 센 숱 많은 짧은 머리는 아무렇게나 뻗쳐 있다. 그는 신체의 모든 부위가 작아 보였는데 심지어 몸에 걸친 것들도 주인만큼이나 작아 보였다. 모자나 신발은 말할 것도 없거니와 안경알, 심지어 손목시계도 콩알만 했다. 반팔에 토시를 착용하지 않아 드러난 팔뚝은 눈물겨웠다. 딱 하나, 바지 하나만큼은 힙합바지 수준이었는데 그마저도 기성복 중에선 가장 작은 사이즈일 것이다. 난 담배를 태우는 그를 보며 이 모든 걸 관찰했는데 그때 든 첫 번째 생각은 '저 사람 담배를 피워도 괜찮을까.'라는 것이었다. 연달아 두 개비만 펴도 쓰러질 거 같았다. 여기 있어선 안 될 사람처럼 보였고 그가 개발로 돈을 벌려고 한다는 걸 믿을 수 없었다. 과연 벽돌 하나라도 들 수 있을까? 언뜻 대학 시절 울산에서 같이 떼를 날랐던 노인이 겹치기도 했지만 마해의 경우가 훨씬 나빠 보였다.

곧 개발이 시작되었다. 반지하 정도 깊이의 땅굴에 들어가 여기저기 버려진 자재를 모으고 정리하는 일이었다. 고약한 현장이었고 꾸역꾸역 일을 해나가는 사이 진물 같은 땀이 흘러내렸다. 아시바에 머리가 닿아 허리를 펼 수 없다는 게 가장 고역이었는데 키 작은 마해에게만큼은 괜찮은 현장인 셈이었다. 다들 낑낑대는 사이 그는 느릿느릿 돌아다니고 있었다. 요령을 피우는 거 같지는 않지만 그렇다고 적극적이지도 않았다. 뭐랄까, 그는 거스를 수 없는 힘에 이끌리듯 움직이고 있었는데, 긴 시간에 걸쳐 공사장에 녹아든 듯한 그 모습은 수명이 다 되어 힘의 최대치가 현저히 낮아진 청소기를 떠올리게 했다. 하나, 유령이라도 되는 양 아무도 그를 신경 쓰지 않았기에 그는 전적으로 자유롭게 움직일 수 있었다. 아이러니했다. 그는 너무나 작았고 의도했든, 안 했든 결국 대중 속에 몸을 숨겼다. 하지만 난 늙은 들개 같은 그가 신경 쓰였고 끝까지 지켜봐야 할 거 같았다. 그러지 않으면 그는 사라져 버릴 거 같았다. 한 번 훑는 것만으로도 사라지는 철골 위의 먼지처럼.

마해는 앞서 말했듯 아주 느린 기계처럼 일했으며 그러는 내내 한마디도 하지 않았다. 쉬는 시간에도 마찬가지였다. 그는 담배 연기를 뱉을 때 외엔 입을 열지 않았고 그 아래 턱에선 오랜 고집이 느껴졌다. 누가 불러도 대꾸도 안 했으며 부른 사람도 곧 그걸 잊어버리는 듯했다. 철저히 자기 세계에서만 움직이는 그를 보는 사이 난 점점 피곤해져 갔다. 유년 시절, 길바닥에서 야채를 파는 노인들을 볼 때 들곤 했던 감정, 몇몇 친구들이 내게 버리라고도 말하는 알량한 측은지심. 내가 왜 이런 감정을 느껴야 하는지 모르겠다. 그와 난 같은 일당바리이며 젊다는 것 외엔 내가 그보다 하등 나을 것도 없는 게 사실이다. 이제 그를 그만 신경 써야겠다. 그때 마해를 보며 떠오른 생각은 '노가다가 사람을 피폐하게 만들었다.'라는 것이었다.

개발계에는 '점심만 먹으면 그날 하루는 다 간 거나 다름 없다.'라는 금언이 있다. 개발을 조금이라도 해본 이들은 모두 이 말에 공감할 것이다. 졸리고 찌뿌둥한 오전과 몸이 완전히 풀린 후의 오후는 느낌 자체가 다르며 시간도 다르게 흘러간다. 즉, 오후엔 모두가 희망을 가진다. 그리고 퇴근이라는 소박한 꿈을 꾼다. 이곳의 남자들은 매일 꿈을 꾸고 또 그것을 이루고 있었다.

나도 꿈을 이루기 위해 목장갑을 다시 꼈다. 조금만 더 버티면 참 먹을 시간이 올 것이고 그러고 나면 오늘 하루도 끝이다. 집에 가면 볶음 짬뽕에 버드와이저를 마시리라. 언제나 그렇듯 당장의 갈망에 집중하며 움직이던 중 마해가 눈에 들어왔다. 더는 신경 쓰지 않겠다고 다짐했지만 그럴 수 없었다. 그의 걸음걸이가 미세하게 달라졌기 때문이다. 좀 더 지켜본다. 확실히 오전에 비해 어깨가 많이 펴졌다. 그건 전체자세는 물론 걸음걸이까지 가볍게 만드는 효과를 발하고 있었다. 혹시 마해도 꿈을 꾸는 것인가? 이 먼지 가득한 지하의 중력에서 벗어나 저 넓고 깨끗한 바깥세상으로 나가는 꿈을? 난 다시 그를 관찰하기 시작했다.

오후 두 시. 마해의 얼굴이 살짝 온화해진 거 같다. 거기다 일도 더 적극적으로 하고 있다. 이제 보니 체구에 비해 제법

공사장 한복판에서 영화를 외치다

힘을 쓰는 거 같기도 하다.

오후 세 시. 드디어 마해가 입을 열었다. 심지어 웃기도 했다! 그건 한참을 일하던 중 우리 현장 바로 옆에 땅굴이 하나 더 있음을 발견했을 때 벌어진 일이었다. 그곳은 완전히 엉망진창이었는데 다행히 오늘의 작업 범주에 들어가지는 않았다. 순간 마해가 웃기 시작했다. 낮게 우히히 거리는 괴상한 웃음소리였다.

"야, 저거 봐라, 저거! 내일 오는 놈들 저거 정리하려면 죽어나겠다. 우히히히."

상대적으로 편한 일을 하고 있음을 깨닫곤 그걸 한껏 즐기려는 듯한 웃음이었다. 어쨌든 마해는 웃었고, 젠장… 내가 다 기분이 좋았다.

오후 네 시. 어느 순간 마해가 보이지 않는다. 화장실에 숨어있겠거니 했는데, 근처 어딘가에서 들리는 낮은 목소리.

"이리 와. 담배 하나 펴."

두리번대는 사이 한 번 더 목소리가 들린다.

"여기야, 여기."

더듬더듬 소리를 따라가자 여태 있는 줄도 몰랐던 굴속에 마해가 쪼그려 앉아있었다. 그가 부르지 않았다면 절대 찾지 못했을 것이다. 난 담배를 태우지 않기에 그냥 그의 옆에

개발판의 군상들

앉아있기만 했다. 우린 대화가 없었다. 보통 이런 타이밍에 나오곤 하는 '넌 뭐 하는 놈이냐?' 같은 질문도 없었고 마해는 그저 알아듣기 힘든 혼잣말을 중얼댈 뿐이었다. 간신히 몇 마디를 알아들을 수 있었는데, 그중 하나가 아직 내 뇌리에 남아있다. 이 현장은 정말 별로라며 투덜대던 마해의 입에서 무심코 튀어나온 말.

"이 개 같은 놈의 집구석…"

세상에, 얼마나 익숙하기에 공사장을 집구석이라 부른단 말인가. 그런 식의 표현은 들어본 적이 없었고 앞으로도 듣지 못할 거 같았다. 문득 오전에 그를 보며 든 생각 — '긴 시간에 걸쳐 공사장에 녹아든 모습'이 다시 떠올랐다. 마해는 다시 조용해졌다. 그는 얼마간 바깥 하늘을 올려다보다 몸을 일으켰고 우린 엉기적엉기적 굴 밖으로 나가 개발을 해나갔다.

오후 다섯 시. 드디어 일이 끝났다. 이제 마해는 농담까지 한다.

"수고했으! 전부들 수고했네. 하지만 내가 제일 수고했지."

종일 대화 한 번 나누지 않은 사람들에게 한 말은 아닐 것이다. 아마도 그건 스스로에게 던진 말일 것이고 그렇게 스

　　　　　　　　공사장 한복판에서 영화를 외치다

스로를 치하하는 건 자존감이 높은 사람들이나 할 수 있는 일이다. 그때 든 생각은 '퇴근은 마해도 춤추게 한다.'라는 것이었다.

마해는 다시 투명 인간이 되었다. 옷을 갈아입고 나니 그가 보이지 않았다. 공사장에서 나와 지하철역으로 이동하는 내내, 그리고 지하철 안에서도 보이지 않던 그는 거짓말처럼 나와 오 분 정도의 간격을 두고 사무소에 도착했다. 대체 어떤 루트로 움직이는 건지 물어보고 싶을 정도였다. 어쨌든 난 드디어 작업복이 아닌 평상복의 그를 볼 수 있었다. 하나, 뭘 기대한 것일까? 작업복만큼이나 남루한 옷차림과 백팩에 꽂힌 신문지는 부정하고 싶은 이미지 하나를 떠올리게 만든다. 그건 바로 역전에서 심심찮게 볼 수 있는 노숙자의 모습이었다. 정말 공사장이 집이 되어버린 걸까? 그를 보며 든 마지막 생각이었다.

일당을 받고 나와 반대편 거리 끝으로 이동하는 마해의 뒷모습을 바라보았다. 그는 점점 작아지다가 곧 사람들 사이에 섞여 보이지 않게 되었고 나로서는 절대 알 수 없는 황야로 영원히 사라져버렸다. 난 집으로 가는 대신 친구를 만

개발관의 군상들

나 술을 마셨다.

공사장 한복판에서 영화를 외치다

더는 갈 곳이 없는 사내들

인력사무소는 간이역과도 같다. 많은 이들이 잠시 들렀다가 때가 되면 떠난다. 애초에 오래 머물 생각이 없기에 자신을 드러내지 않는 이들이 대부분이며 이들은 말 그대로 스쳐 지나갈 뿐이기에 어떤 흔적도 남기지 않는다. 도시의 익명성이 여기서도 적용되는 것이다. 하지만 어떤 이들은 처절할 정도로 자신을 드러내 보이기에 한 번 보는 것만으로도 잊을 수 없게 된다. 바로 스스로를 내려놓은 자들이다. 그들은 그럴 필요가 없기에 가면을 쓰지 않았으며 그저 걷고 담배를 태우는 모습만으로도 내 시선을 고정시켜 놓곤 했다. 그렇다. 개발을 하는 동안 내게 깊은 인상을 준 이들 대부분이 그런 식이었다. 무너져가는 삶을 간신히 끌고 가는 괴팍하고 막돼먹은 이들. 그게 내가 본 것이었다. 물론 개발을 업으로 삼고 살아가는 불평 없는 이들도 있을 것이다. 그들이야말로 불굴의 정신을 가진 영웅일 수도 있다. 하지만 난 그들보다는 아슬아슬한 삶을 이어가는, 조금은 도태된 자들을 이야기하고 싶다. 그게 더 의미가 있을 것이라 생각한다. 그리고 그들을 보며 내가 뭘 느끼든 그건 내 깊은 곳 어딘가에 조금씩 응축될 것이고 아주 천천히 나조차 인식하지 못하는 사이 나를 바꿔나간다 ― 현재의 나란 부산물을 만들어낸다. 결국 난 스스로를 알기 위해 그들을 쫓는 내 발자취를 써 내려가고 있는 셈이다. 이 모든 건 두 가지 질문으로 요약이 된다. 그들은 왜 그렇게 살아가는가? 나는 왜 그들에게 관심을 가지는가?

개발을 하면서 많은 이들을 봐왔고 또 보게 될 것이다. 이 열차의 중간지점을 통과하고 있는 지금, 인력사무소에 나오는 이들의 유형을 나눠보는 것도 의미가 있을 거 같다. 그러는 사이 앞서 제기한 질문에 답이 나올지도 모를 일이다. 세부 유형을 대략 여섯으로 나눠보았다. 당연히 이곳은 철저한 남자들의 세계이다.

1. 우선 나 같은 놈이 있다. 하고자 하는 일(돈이 안 되는)에 드는 유지비를 위해 개발에 나오는 유형으로서 아직 성공 못한 예체능인 정도로 생각하면 이해가 빠를 듯하다. 나에게 개발이란 시간 대비 수익이 높은 알바이다. 이 유형은 분포도가 제일 낮으며 돈의 축적에 목적이 있지 않기 때문에 출근 일수가 그리 높지도 않다. 나와 비슷한 처지에 놓인 이들 대부분이 개발을 꺼리므로(몸을 격하게 쓴다는 두려움 때문인 거 같다. 그들은 차라리 대리운전을 선택한다) 난 현장에서 나와 비슷한 유형을 딱 한 번밖에 보지 못했다. 시를 쓴다는 청년이었는데 성격은 밝고 좋았지만 젊은 혈기에 쉬운 일도 어렵게 만드는 경향이 있었다. 개인적으론 그가 계속 나아가기를, 언젠가 그의 시를 볼 날이 오길 바란다.

2. 두 번째 유형은 탕진비를 위해 나오는 이십 대 초반들로서 이십 년 전의 내 모습이기도 하다. 이들은 편의점 아르바이트비로는 충당할 수 없는, 당장에 소비할 큰돈이 필요한 놈들로서 젊은 혈기에 멋모르고 덤벼들었다가 몸져누운 후엔 나오지 않는 게 보통이다. 이들과 관련된 재밌는 일화 하나가 떠오른다. 클럽 복장의 아이들 두 명이 사무소에 나온 적이 있었다. 찰싹 달라붙는 스키니에 번쩍이는 티셔츠, 아

침의 고요를 깨는 웃음소리에 눈총이 쏟아지고 있건만 둘은 그걸 아는지 모르는지 히죽대길 멈추지 않았다. 소란에 두리번대던 소장이 드디어 둘을 발견하곤 앞으로 나오게 한다.

"느그들 이 일은 해봤나?"

"처음인데요."

"여기가 우스워 보이나?"

"…아니요."

"여기 이십 년씩 나오는 사람들도 조용히 앉아있다. 존중해라 알겠나?"

"네…."

"이거 절대 만만한 일이 아니다. 괜히 하다가 남 피해줄 거 같으면 지금 돌아가라."

"……"

"할 수 있겠단 말이가?"

"네…."

순간 거짓말처럼 사무소 문이 열리며 공구리 영감이 들이닥친다.

"모타 한 명!"

클럽보이 하나가 즉각 투입되었다(그는 인생을 새로이 보게 되리라). 소장의 일 처리 능력을 볼 수 있는 순간이었다.

공사장 한복판에서 영화를 외치다

짧고 명확한 설교로 신입생에게 기합을 불어넣는 한편 기존 인부들의 자존감도 올려주었다. 거기다 일까지 보냈으니 완벽한 삼박자다. 절로 감탄이 나왔고 인력사무소에선 소장이 신이란 걸 재차 확인할 수 있었다.

 3. 세 번째 유형은 마냥 놀 순 없기에 개발에 나오는 취준생들이다. 이들은 보통 개발을 사회로 들어서기 전의 워밍업, 이겨내야 할 첫 번째 관문으로 여기며 말없이 묵직하게 일을 해나간다. 일당이 나쁘지 않기에 취업을 계속 미루는 이들이 있는가 하면 개발이 자신의 천직임을 발견하는 이들도 나오곤 한다(철거업체 사장의 눈에 띄어 그 자리에서 정직원으로 채용되는 이를 본 적도 있다). 하지만 이런 경우를 제외한 나머지에게 개발이란 그저 과도기의 경험 중 하나일 뿐이다.

 4. 외국인 노동자들. 대부분이 불법 체류자인 이들은 연변, 터키, 몽골, 인도, 이란, 우즈베키스탄 등 국적도 다양한 편이다. 이들을 길게 말할 필요는 없을 거 같다. 몽골인들의 체력은 상상을 초월한다는 것과 무슬림들은 라마단 기간에도 격렬히(힘이 어디서 나오는 건지) 개발을 해나간다는 것

　　　　　　　　　　　　　개발판의 군상들

정도면 될 거 같다.

5. 다섯 번째 유형은 더 이상 갈 곳이 없는 자들이다. 망한 치킨집 사장, 부도난 회사 대표, 퇴직 후 뭐든 해야만 하는 가장 등 찌들대로 찌든 이들이 여기 속해있다. 모든 걸 내려놓아 편안한 얼굴이 있는가 하면 종일 인상을 쓰고 있는 자들도 있는데 보통 이 인상파들이 문제가 된다. 이들은 자신이 바닥으로 내려왔단 생각을 떨치지 못한다. 새로이 배울 힘도 의지도 없으며 대충 시간만 때우다 갈 생각에 건성으로 일하다 다른 이들의 눈총을 받기에 십상이다. 짜증 가득한 그들의 움직임을 보고 있자면 절로 한숨이 나온다. 제때 다른 일을 찾아 떠나면 다행이겠지만 그렇지 못할 경우 이들은 좋든 싫든 개발에 적응해야만 하며 태도를 바꾸지 않는 한 미래도 희망도 없을 것이다. 상수라는 이가 좋은 예이다. 작은 회사의 대표였던 그는 쫄딱 망해선 이억 가까이 빚을 지고 인력사무소로 흘러들어왔다. 당연히, 한동안 그는 빌빌거렸다. 나사 빠진 얼굴로 허공에 삽질하기 일쑤였으며 다른 이들이 그의 뒤치다꺼리를 하는 걸 보면서도 별 신경조차 쓰지 않았다. 모두가 그를 싫어했고 그 소문이 소장의 귀에 들어가는 순간 그는 이 일자리마저 잃게 될 것이었다. 하

지만 상수는 몇 년 뒤 완전 다른 사람이 되었다. 주야간 가리는 법 없이 닥치는 대로 일을 해나갔으며 그러는 사이 빚도 거의 다 갚은 듯했다. 각종 공구를 자유자재로 다루는 그는 어엿한 프로 개발맨이었다. 어느 날 그와 술을 마시게 되었는데, 그는 몸을 써서 빚을 갚는 동안 마음의 평화를 찾았다며 직원들 눈치만 보던 회사 시절보다 지금이 훨씬 좋다는 얘길 해주었다. 아마 지금도 그는 어딘가에서 건물을 허물고 있을 것이다.

반대로 아예 삐딱선을 타는 경우도 있다. 점잖은 얼굴을 한 중년 사내가 있었는데, 원래가 대기업의 중진이었다는 그는 일이 꼬여 잠시 이곳에 왔을 뿐 곧 제자리로 돌아갈 예정이며 그때엔 여기서 봐둔 인재들까지 데리고 갈 것이라는 소문이 파다했다. 과연 그는 사이비 교주마냥 추종자들을 거느리고 다녔다. 그들은 교주가 힘든 일을 하지 않도록 자신을 희생했으며 식당에선 물과 수저를 째깍 준비하는 등 온갖 바보짓이란 바보짓은 다하고 있었다. 망할 정치질이 여기서도 이어지는 것이다. 하지만 삼 개월 뒤에는 자기 자리로 돌아갈 거라 외쳤던 그 교주는 육 개월이 지난 뒤에도, 일 년이 지난 뒤에도, 삼 년이 지난 뒤에도 인력사무소에 나오고 있었다. 그가 나에게 했던 말 중 하나가 기억난다.

'노가다하는 놈들하고 절대 같이 술 먹지 마라. 너도 똑같이 된다.'

너나 잘하세요.

6. 마지막 유형은 개발이 천직인 자들이다. 앞선 유형들과의 가장 큰 차이점 — 이들 중 대다수가 이 바닥을 떠날 생각이 없다. 그렇다고 이들이 처음부터 개발을 업으로 삼은 것은 아니다. 그런 이들은 없다. 다들 어딘가에서 흘러들어와 서서히 눌러앉게 됐을 뿐이다. 그들은 친구의 소개로, 홧김에 회사를 때려치운 후 소일거리로, 동네 철물점 사장 일을 돕는 등의 일로 개발에 발을 담그게 된다. 일반적 개념의 사회와 직장에 적응하지 못한, 지긋지긋한 인간관계와 정시 출퇴근이 싫은 이들도 여기로 모여든다. 원할 때 일하고 쉴 수 있는 시스템, 몸을 쓴 만큼 정확하게 나오는 일당, 상사도 부하도 없는 깔끔한 인간관계 등 개발은 얼핏 괜찮은 일처럼 보인다. 주위의 시선과 육체의 피로 등을 이겨내고 나면 이 일도 할 만하다는 생각이 들고 그렇게 그들은 천천히 눌러앉게 된다. 실제로 많은 이들이 개발을 직업이라 여기고 일이 끊기는 걸 방지하고자 인력사무소 네다섯 군데를 뚫어둔다. 루틴이 확실한 그들을 걱정할 필요는 없다. 언제나 문제

공사장 한복판에서 영화를 외치다

는 자신을 통제하지 못하고 어둠의 영역에 서버리는 자들이다. 흔히 사람들이 편견을 가지고 바라보는 노가다꾼의 모습 — 지저분한 차림에 아무 데서나 술을 마시며 허구한 날 큰소리치고 쌈박질하는 — 이 여기에 있다. 이들은 자율성의 함정과 일당이라는 늪에 빠져 술과 도박에 중독되어 버린다. 고된 일에 대한 보상으로 술을 마시고 거기서 도망치기 위해 도박을 한다. '오늘 좀 잃으면 어때, 내일 또 벌면 되는데.' 이게 평생이 되어버린다. 평일 내내 일하고 주말엔 경마장에 나가는 이가 있었다. 돌아오는 월요일에 그의 표정을 보면 모든 걸 알 수 있었고(돈을 땄다면 사무소에 나오지도 않았을 것이다), 개발과 경마라는 무한의 뫼비우스 띠를 돌던 그는 사다리에서 추락해 허릴 다치고 나서야 거기서 벗어날 수 있었다. 몸을 쓰는 것 외엔 할 수 있는 게 없었던 그는 그대로 주저앉아버렸다. 그런가 하면 폐에 고름이 찰 때까지 개발과 폭음을 반복하다가 죽을 뻔했던 이도 있다. 집에 쓰러져 있는 걸 이웃이 발견해 목숨을 건진 그는 수술 후에도 계속 술을 마셔대고 있다. 정신 나간 짓처럼 보이지만 그가 할 줄 아는 건 그것밖에 없기에 어쩔 수 없는 일이다. 이들에게 인력사무소는 전당포와도 같다. 물건 대신 자신의 몸을 맡길 뿐이다. 언젠간 맡길 금붙이가 떨어지는 것처럼 몸도 늙고 병들기 마련이란 걸 그들은 알지 못한다. 아니, 생각하지 않는다. 나쁜 의미로 그들에겐 현재뿐이기에 그들은 일당으로 구할 수 있는 그 조금의 쾌락에 모든 걸 던져버렸고 훗날 막연했던 미래가 비참한 현실로 다가와도 별다른 저항 없이 그걸 받아들일 것이다. 전형적인 바닥노동자의 하루살이와도 같은 인생이다.

글을 쓰면서 여태 내가 언급해온 이들과 앞으로 언급하게 될 이들 대부분이 5, 6번 유형에 속해있음을 알 수 있었다. 이제 글의 초입에서 제기한 두 가지 질문에 답해볼 차례다.

그들은 왜 그렇게 살아가는 것인가? ― 앞서 말한 대로 노동의 고단함, 일당의 늪에 빠졌기 때문이다. 어쩌면 그들의 정신력이 약해서, 스스로 판 굴에 빠진 거라고 말할 수도 있을 것이다. 하지만 모두가 강할 순 없는 법이다. 우리가 가지고 있는 걸 그들은 가지지 못했을 수도 있다. 내 생각에 그들은 결국 자본주의 사회가 만들어낸 부산물이다.

그렇다면 나는 왜 그들에게 관심을 가지고 기웃대는가? ― 우선은 그들이 나와 얼마간 닮았기 때문이다. 정도의 차이가 있을 뿐 나 역시 만족스럽지 못한 현재에서 도망치기 위해 어딘가 중독되어 있다. 그리고 사람에겐 기본적으로 내재 된 무언가가 있다.

　‥‥‥‥‥.

　잘 모르겠다. 난 조지오웰이나 잭 런던처럼은 될 수 없다. 근본적인 사회시스템이나 사람들의 인식을 바꿔보고자 이 글을 쓰는 건 절대 아니다. 난 단지 날 위해 쓸 뿐이다. 하지만 우리 모두 인간이라는 말 정도는 하고 싶다.

　사무소에 조금 일찍 나간 어느 날, 육십 대 중반쯤 되어 보이는 노인들에게 힘을 불어넣고 있는 소장을 본 적이 있다.

　"요즘 백 세 시대입니다. 우리 아직 할 수 있습니다."

　힘들겠지만 희망을 버리지 않는 한 계속 나아갈 수 있을 것이다.

왜 난 고통을 자처했을까

한 현장에 서른 명의 인부를 투입한다는 말이 돌았다. 과연 소장은 며칠 전부터 분주히 인원을 점검했는데 다행히 그 명단에 나는 없었다. 소위 말하는 참일꾼들 중엔 초짜들의 어리숙함을 참지 못하는 성미 급한 이들이 많았기에 대규모 인원이 투입되는 이런 현장은 피하는 게 상책이었다. 물론 그걸 내가 결정할 수는 없지만.

노트를 대신한 달력 뒷면에 인부들 이름이 꽉 차 있다. 얼마간 그걸 훑던 소장이 비장한 얼굴로 입을 연다.

"자, 벡스코 멤버들 다 왔나? 출석 한번 불러보자. 강인구,

백인범, 황동석."

아무도 대답하지 않는다. 이 거친 들개들에게 출석 체크
는 어울리지 않는다.

"정경석, 노문식, 김상연… 대답 좀 하자, 이 사람들아!"

앉은 자세라도 바꾸는 건지 곳곳에서 부스럭대는 소리가
들린다.

"처음부터 다시 한다. 강인구!"

"……에."

듣는 사람이 다 민망한, 힘겹게 반항해보는 사춘기 소년
과도 같은 목소리.

"백인범."

"예."

"황동석."

"왔어요…."

호명에 답하는 게 가문의 수치라도 되는 양 모두들 모기만
한 목소리로 답을 해나간다. 난 이 재미난 광경을 하나도 놓
치지 않고 다 보고 있었다.

출석이 끝나자 두 명이 무단결근했음이 드러났다(그들은
소장의 보복으로 최소 열흘은 일을 나가지 못할 것이다). 소
장은 대체자를 찾아 재빨리 주월 둘러본다.

"경민 씨 되겠습니까? 오케이 그럼 또⋯ 원숭이 빠루 잡아봤나?"

"아직 빠루는⋯"

"됐다. 가서 배우면 된다. 투입!"

이런 제장.

"되도록 모여서 걷지 말고 좀 떨어져 다녀라. 길에서 떠들면 사람들 안 좋아한다. 알겠나?"

소장의 마지막 말은 씨알도 먹히지 않았다. 우리는 범죄와의 전쟁 포스터마냥 거리를 점령했다(사진을 찍어두지 않은 게 후회된다). 한데 모여 더 용감해진 이 무법자들은 평소보다 더 큰 소리로 떠들며 담배를 피워댔고 그 덕에 지나가는 모두가 우리를 힐끔대고 있었다. 무법자란 말이 과장처럼 들리겠지만 몇몇 망종들은 실제로 특정 영역에서 법을 밥 먹듯이 어겨댔다. 특히 무단횡단이 가장 심했는데 이들은 시간이 넉넉한 상황에서도 차도 반대편의 버스를 타기 위해 8차선 도로를 무단횡단하곤 했다. 최대한 빨리 도착해 먼저 쉬고 있겠다는 결의에 목숨을 거는 셈이었다. 이들은 또한 횡단보도의 신호도 거의 지키지 않았는데, 빨간 불에 길을 건넌 후 다른 이들이 파란 불에 넘어오길 기다리는 모습을 볼 때면 절로 헛웃음이 나왔다. 역시나 급한 성미가 문제겠지만 그 기저엔 자신이 '얼굴 팔릴 일 없는' 일용직이란 마인드가 깔려 있을 것이다. 좋지 않은 의미의 이방인. 오늘 무리엔 위험인물이 대여섯 명 정도 끼어있었다. 오케이, 저들만 조심하자. 그러면 오늘 하루도 무사히 넘길 수 있을 것이다.

곧 우린 지하철 한 칸을 통으로 점령했다. 여전히 시끌벅적했고 애꿎은 직장인들만 죽을상을 쓰고 있었다. 난 오늘만큼은 최대한 눈에 띄지 않기로 결심했기에 그들과 살짝 거리를 두고 있었다. 순간 한 인부의 핸드폰이 울렸다.

"여보세요! 누구? 누구 바꿔 달라고?!"

쩌렁쩌렁한 외침에 주위 모두가 숨을 죽이고 기다린다. 대체 누굴 찾는…

"여기 원숭이라고 있나?! 노원숭이! 전화 받아봐라!!"

지하철의 모두가 내 이름을 알게 되었다. 받아보니 소장이었다. 그는 왜 전화를 받지 않느냐며 호통친 후 주민등록번호를 물어보았다. 끝내주는 하루가 시작되고 있었다.

간신히 벡스코 박람회장에 도착했다. 뭔지 모를 행사가 끝난 직후였고 덩그러니 남은 부스 수십 개를 철거하는 게 오늘의 일이었다. 분주히 일하는 인부들(족히 이백 명은 되

개발판의 군상들

는)의 모습이 잠자리를 해체하는 개미 떼처럼 보인다. 잠시 후 내 손엔 해머가 쥐어져 있었다. 뭘 할지 몰라 두리번대는 사이 현장 책임자의 고함이 날아든다.

"거기 서서 뭐 해!"

젠장, 예감대로 좋지 않은 날이다. 하나, 뭣도 모르고 달라붙었다간 또 욕먹을 게 뻔하기에 몰래 뒤편으로 빠져 일이 어떻게 돌아가는지 보기로 한다. 간단했다 ─ 바닥의 카펫을 정리 후 일에 익숙한 이들이 벽을 넘어뜨리면 나머지 인부들이 그걸 잘게 해체해나간다. 그게 기본이었고 대부분의 인부들이 가만히 서서 벽이 넘어지기를 기다리고 있었다. 난 사실 욕먹을 이유도 없었던 것이다. 곧 내 앞으로 벽 하나가 쓰러졌고 난 일을 시작했다.

과연 여러 군상이 있었다. 먼저 앞장서는 이, 그 뒤를 따르는 이, 딱 자기 앞의 일만 하는 이, 꾀부리며 피해 다니는 이 등등. 사람들 사이에 몸을 숨긴 자들은 눈에 띄지도 않았기에 안전했다. 오히려 성실히 해나가는 초짜들이 문제였는데 그들의 어설픔은 눈에 띌 수밖에 없고 무법자들은 그런 걸 놓치는 법이 없었다. 불공평했지만 그게 세상이 돌아가는 이치였다. 이런 곳에선 나도 적절히 운신해야 한다는 생각을 하는 순간, 인부 하나가 욕을 해댄다. 내가 철거 잔재를 분리하지 않고 한데 모아둔다는 것이다. 아차 싶어 둘러보자 나무와 잡쓰레기를 따로 분리하는 것이 보인다. 아, 나도 아직 초짜구나…. 깨달음과 동시에 난 물어뜯기기 시작했다. 넌 뭐 하는 놈이냐, 너 같은 놈 때문에 다른 사람만 고생한다, 노가다 하루 이틀 하는 것도 아니고 빌어먹을 등등. 결국 난 슬쩍 다른 곳으로 자리를 옮겼다. 수치스러웠고 억울하기도 했다. 그게 그렇게까지 무안 줄 일인가? 개발 현장엔 왜 이렇게 못돼먹은 놈들이 많단 말인가? 난 사실 여기 올 생각도 없었는데, 이건 전부 소장 탓이다. 이제 분노의 화살은 그를 향하고 있었다.

'그래 그 알량한 권력으로 인부들을 부린다 이거지. 어디 두고 보자. 내가 백전노장만 되면 그때엔….'

순간 현장 책임자가 나타나 뭐 하는 짓이냐며 고함을 질러 댄다. 난 그때 합판에 붙은 각목을 떼어 내는 중이었는데 그걸 무슨 종일 하냐는 것이었다. 아니 뭐 이런 날이 다 있나. 이 인간은 왜 나만 따라다니며 트집을 잡는 것인가. 내가 이리도 눈에 띄는 존재란 말인가?

"빨리 마무리하세요! 할 줄 몰라요?"

"아직 익숙하지 않아서…."

내면의 분노와 달리 나오는 목소리는 쥐똥만 하다. 그는 어쩔 수 없다는 듯 빠루를 쥐고 몸소 시범을 보인다. 묵묵히 지켜본다. 딱 한 번만 요령을 배우면 할 수 있는 그런 일이었다. 왜 나는 제대로 배우지도 못한 채 욕부터 먹고 있는 걸까? 그는 곧 내 손에 빠루를 쥐여주며 물어보았다.

"대학생이에요?"

"네…."

충동적으로 거짓말을 해본다. 그의 태도가 어떻게 바뀔지 궁금하다.

"이름이 뭐예요?"

"노원승이요."

"원승 씨, 해머 말고 빠루를 쓰세요. 첨엔 힘들지만 슬슬하다 보면 익숙해질 거예요. 잘 안되면 와서 물어보고."

갑자기 그는 한없이 부드러운 사람이 되었고 그 순간 난 그가 좋아졌다. 아홉 번을 못 해줘도 마지막 한 번만 잘해주면 된다는 말은 일리 있는 말이다.

점심시간. 이백 명의 인부가 동시에 볶음밥을 먹는 진풍경이 펼쳐졌다. 철가방 숫자만도 어마어마했다. 전반적으로 에너지 넘치는 장면이었지만 지치고 병든 난 입맛이 없어 단무지만 깨작대고 있었다. 그때 한 인부가 말을 걸어온다.

"원숭 씨라 했나? 어때요, 좀 할 만해요?"

"뭐 그럭저럭요."

"처음엔 다 그런 거니까 기죽지 마세요."

그는 이 현장의 유일한 의인이었다. 그의 한마디에 용기를 얻은 난 볶음밥을 마지막 기름 한 방울까지 다 먹어 치웠다. 그래, 이 정글에 반드시 적응하고 말리라.

오전 막바지에 배운 기술이 도움이 되었다. 난 전보다 훨씬 빠른 속도로 부수고 조각내기 시작했다. 유에서 무로, 먼지에서 먼지로. 쉴 새 없이 움직이는 사이 나라는 존재는 점점 희미해져 갔고 어느새 난 무리의 한 개체, 일개미 한 마리가 되어 있었다. 모두들 자기 앞의 일이 지상최대의 과제라도 되는 양 득달같이 달려들어 해치우고 있었다. 당연하다. 그래야 돈이 나오니까. 사람들은 돈을 벌기 위해 자신과 눈곱만큼도 상관없는 일에 매달려 애를 쓰다 죽는다.

우린 곧 모든 걸 부숴버렸다. 더는 파괴할 게 없었고 이제 잔재를 트럭에 싣기만 하면 되었다. 짐을 든 일개미들이 일자로 쭉 늘어선다. 뒤뚱뒤뚱 걸음을 옮기다 자기 차례가 되면 트럭 위 개미에게 짐을 건네고 다른 짐을 가지러 간다. 무한반복이다. 지금쯤 여왕개미는 에어컨 바람 아래서 낄낄대고 있겠지.

얼마 후 트럭엔 짐이 이 미터 이상 쌓였고 아래에서 아무리 짐을 올려봐야 위쪽 인부의 손에 닿지도 않았기에 누구든 한 사람이 트럭 중간에 서서 견인 역할을 해줘야만 했다. 하지만 아무도 나서지 않았다. 그건 혼자서 열대엿 명의 짐을 받아 올려야 하는 지옥의 포지션이었던 것이다. 순간,

"제가 할게요."

나도 모르게 말이 튀어나왔다. 모두들 반색하며 나를 치켜세웠고 난 쭈뼛쭈뼛 트럭에 올라서서 짐을 받아 올리기 시작했다. 왜 내가 그런 선택을 했는지 모르겠다. 어쩌면 오전의 망신살을 만회하고 싶었나 보다. 욕 좀 먹었다고 움츠러드는 나약한 놈이 아니란 걸 보여주고 싶어서 말이다.

삼십 분이 지나자 팔이 후들거리기 시작했다. 후회 비슷한 게 밀려오려 했지만 생각하지 않으려 했다. 하지만 또 삼십 분이 지난 후, 난 후회의 파도에 휩쓸려 허우적대고 있었다. 산 채로 심장을 쪼아 먹히고 있는 날 아무도 도와주지 않았다. 미칠 거 같았다.

다섯 시 반. 퇴근 시간이다. 인부들 절반 이상이 장갑을 던지고 집에 가버렸다. 나도 그렇게 했어야만 했다. 어느 모로 보나 그게 현명하고 합리적인 선택이 될 터였다. 하지만

난 '충동적으로' 연장근무를 택했고 여전히 트럭 중간에 못 박혀 있었다. 남은 이들이라곤 노인 몇 명에 어설픈 뜨내기들이 다였고 난 그들이 건네주는 보잘것없는 양의 짐을 받아 올리고 있었다. 머릿속엔 두 가지 생각뿐이었다. 시작부터 꼬인 날이라는 것과 왜 끝까지 남아 고통을 자처했는지에 대한 의문. 막연히 이 일의 끝을 보고 싶다는 충동이 있긴 했지만 그것만으론 설명이 되지 않았다. 헤어질 타이밍을 놓친 바람에 괴로운 연애를 이어가는 그런 기분이었다.

다들 힘이 빠져 진도가 나가질 않았다. 느릿느릿 움직였기에 계속 일할 수 있었지만 그건 의지가 아닌 관성에 의한 기계 같은 동작이었다. 극도로 피곤할 때만 생기는 연대감이 공기 중에 떠돌았다. 아무도 서로를 터치하지 않았다. 심지어 현장 책임자도 말이 없었다. 배가 고파 쓰러지겠다 싶을 즈음 크림빵과 우유가 나왔다. 그걸 먹은 후엔 모두들 되는대로 일하기 시작했다. 무거운 침묵이 흘렀다. 잠시 쉬고 있자니 얼굴에 화상자국이 있는 노인이 다가와 다시 트럭 위에 서주면 안 되냐고 부탁을 해왔다. 난 그에게 당신이 올라가라고 대답해주었다. 풀 죽은 얼굴로 돌아서는 그를 보며 통쾌함을 느꼈지만 지금 트럭에 올라갈 수 있는 이는 나밖

개발판의 군상들

에 없었기에 결국 난 다시 올라가야만 했다. 이젠 짜증도 나지 않았다. 누군가 태엽을 감았다 풀었고 남은 이들 모두가 같은 동작을 되풀이했다. 그러다 어느 순간 일이 끝났다. 끝나 있었다. 시계를 보니 열 시 반. 그제야 주월 둘러본다. 인부들과 폐기물로 꽉 차 있던 그 넓은 부지가 텅 비어있었다.

………

고요했다. 관리인 몇 명의 비질 소리가 들리는 전부였다. 문득 공허함이 밀려왔다. 곧 새로운 박람회가 열릴 것이고 번쩍이는 수십 개의 부스가 세워지고 나면 인부들이 몰려들어 그걸 다시 허물어뜨릴 것이다. 너무 빠르다는 생각이 들었다.

순간 들리는 익숙한 목소리.

"오늘 고생한 사람들 절대 잊지 않겠습니다."

소장이다. 나를 이 연옥에 보낸 장본인. 그는 연장근무자를 점검하기 위해 멀리 여기까지 행차한 것이다.

쑤시는 몸으로 옷을 갈아입는 사이 소장이 옆에서 출석 체크를 한다.

"강인구, 백인범, 황동석…. 있으면 대답 좀 하자! 노원승."

유난히도 이름이 많이 불린 하루. 사무소에서, 지하철에서, 현장에서, 여기 탈의실에서 누구든 내 이름을 불러댄다. 난 누군가? 애초의 목표대로 하루를 버텨내긴 했지만 대체 여기서 내가 뭘 증명하려고 했는지 알 수 없었다.

집에서 샤워를 하다 결국 후회했다. 얼굴에 화상자국이 있던 노인 ─ 몇 푼 더 벌기 위해 늙은 몸을 이끌던 그를 퉁명스럽게 대할 이유는 전혀 없었다. 그는 단지 빨리 집에 돌아가고 싶다는 소박한 바람이 있을 뿐이었다.

하…. 이런 날도 있는 거겠지. 억지로 스스로를 달랜 후 잠이 들었다.

그림자의 본질

글쓰기와 개발. 그 사이의 충동적인 현질과 술자리. 글쓰기, 좌절. 그리고 개발.

평일 내내 일하고 주말엔 경마장에 가는 인부와 마찬가지로 나도 뫼비우스의 띠에 갇혀 있다. 거기서 벗어나는 가장 쉬운 방법은 그냥 그 띠 위에서 내려오는 것이다. 더 늦기 전에 옆으로 한 걸음만 옮기면 된다. 거기엔 다른 형태의 반복이 기다리고 있는데 전보다 나을 수도 있고 나쁠 수도 있다. 어쨌거나 이건 쉬운 방법이고 많은 이들이 이쪽을 택한 후 만족 혹은 안주한다. 혹은 그런 척 연기한다. 하지만 그러지 못하는 이들 ― 고집 세고 성질 더럽고 엄마 말 절대 안 듣고 미련한 다람쥐처럼 계속 뺑뺑이 도는 이들은 성공이라는 가위로 뫼비우스의 띠를 잘라내야 한다. 경마꾼은 우승마를 맞춰야 하며 글쟁이들은 글을 완성 시킨 후 수익을 창출해야 하는 것이다. 하지만 '이 말이 우승하겠지.'하고 돈을 걸다 망하듯 '이러면 대중들이 좋아하겠지.'하고 쓴 글 역시 실패하고 만다. 외골수와 가장 거리가 먼 것이 대중의 취향이기 때문이다. 성공이란 영원히 요원한 일, 마치 신기루처럼 보인다.

글은 고통과 좌절 속에서 피어난 꽃이지만 봐주는 이가 없으면 금세 시들고 만다. 특히 시나리오는 더 그렇다. 영상화되지 않은 시나리오는 그냥 이면지일 뿐이다. 하지만 그렇다 해서 그 글의 가치 자체가 죽어 없어지는 건 아니다. 그글의 창조자(그가 현명한 작가라면)는 그 가치를 안다. 알아야만 한다. 자신이 투영된 걸 모른다면 문제가 있는 것이다. 그렇기에, 글은 작가의 모사이기에, 자신에 대한 긍지만으로도 계속해 나아갈 수 있을 것이다. 아마 그럴 것이다. 하지만 난 성공이란 놈의 맛을 보고 싶다. 달콤한지 시큼한지 한 번 정도는 핥아보고 싶다. 그래야만 다른 차원의 다음으로 넘어갈 수 있을 것이다. 돈 걱정 없이 글만 쓸 수 있게 될 것이다. 개발의 압박감에서 벗어날 수 있을 것이다.

개발관의 군상들

한 시간 뒤면 개발을 나가야 한다. 하나, 밤을 꼴딱 새버렸기에 망설이고 있다(글 좀 쓰겠답시고 올빼미 생활을 하다 이 사달이 나버렸다). 연일 폭염이 이어지고 있었고 청소가 아닌 야외작업이라도 걸릴 경우 인생이 괴로워질 터였다.

일단 버텨본다. 어쩌면 다른 수가 있을지도 모른다.

…없다. 그렇다면 기분이라도 바꿔야 한다. 돈을 벌기 위해 개발을 나가는 것이 아니라 돈을 주고도 못 배울 경험을 쌓는 것이라고 스스로를 속이는 것이다.

…젠장, 삽은 삽이고 개발은 개발이다. 내게 개발은 하지 않을수록 좋은 일이다! 생각이 여기까지 미치자 현타가 온다. 모든 게 헛된 시도로 느껴진다. 제자리걸음 같은 글쓰기…. 왜 하고 싶은 일이 하기 싫어지는 것일까? (그건 두려움 때문이리라)

…깜빡 잠이 들 뻔했다. 이런 상태로 개발을 나가야 하다니. 끔찍했지만 그게 현실이었다. 지금 내가 해야만 하는 일은 글쓰기가 아니라 개발이었다.

대마(일이 없어 나가지 못하는 걸 일컫는 말)가 났다. 허탈했지만 내 뇌는 곧바로 합리화에 들어갔다. '차라리 잘됐다. 이런 날씨에 잠도 안 자고 일했다가는 쓰러질 것이다. 한

숨 푹 자고 내일 다시 나오면 되는 일, 오늘 하루만 라면으로 버티자.'

터덜터덜 집으로 돌아가는 길, 갑자기 소장에게서 전화가 왔다. 일이 생겼으니 하고 싶으면 당장 사무소로 돌아오라고 한다. 순간 망설였다. 간신히 맘을 돌려놓자마자 선택을 강요당하는 이 상황. 바로 얼마 전에 충동적으로 연장근무를 선택했다가 피를 본 적 있는바, 이 순간의 선택이 내 운명을 갈라놓을 것이었다. 하지만 일이 있다는데 뭘 어쩌란 말인가. 내게 다른 선택권이 있는가?

"할게요."

이 또한 지나가리라. 그 말에 거는 수밖에 없다. 이미 윷은 던져졌다.

사무소에 들렀다가 현장으로 옮겨 갔을 땐 조식 시간이 지나있었다. 동네 구석 조그만 사 층 건물이 오늘의 전장이었고 난 인부들의 차림새를 훑으며 뭘 하게 될지 가늠해보았다. 반백의 영감 허리에 비죽 삐져나온 장도리가 보인다. 그리고… 잠깐, 장도리?? 이런 썩을, 뒷도가 나왔다. 한숨도 못 자고 아침까지 거른 상태로 개발계의 머신 목수의 일을 돕게 된 것이다. 신이 있는지 없는지는 모르겠지만 있다 해도 그는 날 잊어버렸다.

잠시 후 난 막걸리 앞에 앉아있었다. 아침밥 대신 먹으라며(같은 쌀임을 강조하며) 목수들이 날 위해 만든 자리였다. 안주도 없는 순수 깡 막걸리. 허허…. 마실까 말까 망설이는 사이 두 영감이 싸우기 시작한다.

"아니 밥을 줘야지 이게 무슨 밥이 된단 말이여!"

"안 될 건 뭐가 있는가. 먹고 배부르면 밥이지!"

곧 내게 밥을 못 줘 분개한 영감이 성큼성큼 슈퍼로 들어선다. 옳거니, 분명 빵을 사 오려는 게다. 그거면 충분하다. 잠시 후 돌아온 영감은 검정 봉지에서 노란 무언가를 꺼내 나에게 건넸다.

"자, 먹어."

내 손에 들린 플라스틱 용기엔 '바나나우유'라는 다섯 글자가 적혀있었다. 아니, 막걸리는 밥이 안 되고 이건 된단 말인가..? 하나, 더는 뺄 수도 없는 상황, 난 바나나우유를 안주 삼아 막걸리를 들이켰다. 걸쭉한 액체가 위벽을 감싸는 것이 의외로 괜찮았다. 내친김에 몇 잔 더 마셔본다. 어차피 맨정신으로 일하긴 틀려먹은 날이다. 그렇게 난 순식간에 취해버렸고 인생 처음이자 마지막이 될 취중 개발의 막이 올랐다.

비틀비틀 삼 층에 올라가 일을 시작했다. 나이를 가늠할 수 없는 조선족 영만이 나의 사수였다. 그는 내게 연애(섹스를 말하는 것이었다)는 많이 해봤냐며 비릿하게 웃어 보였는데 그 짧은 순간 난 그의 폭력적인 성향을 느낄 수 있었다. 취기에 여섯 번째 감각이 깨어난 것 같았다. 그는 곧 안전벨트도 매지 않은 채 건물 외벽의 폼을 떼어 내 내게 건넸다. 힐끔 둘러보니 다른 목수들도 마찬가지였다. 다들 아침부터 술잔치를 벌이고 안전벨트도 없이 사 층 건물의 아시바에 매달려 망치질을 하고 있는 것이다. 비현실적이었다. 사람은 자신의 죽음만큼은 믿지 않는다고 하는데 영락없는 그 꼴 아닌가. 웃고 싶었지만 영만을 의식해 웃지는 않았다. 어쨌거나 이 상황에 낄낄대고 싶어 하다니 나도 제정신이 아니었다.

과연 영만은 거칠게 일을 해나갔다. 그는 아시바에 한 손으로 매달린 채 빠루를 휘둘러댔고, 자세가 애매해 폼을 건네기 힘들 때면 그걸 그냥 일 층으로 던져버렸다.

…쾅!!

마치 핵이 폭발하는 듯했다. 세상에 뭐 이딴 현장이 다 있단 말인가. 당장 도망쳐야 할 곳이었지만 술에 취한 내겐 모든 게 모험처럼 보였다. 난 멍했고 리액션은 한 박자씩 느렸다. 위험했다. 순간 영만이 잠시 아시바 위로 올라와 자길 도와달라고 한다. 잡부 용역에게 안전벨트도 없이 아시바를 타라고 하다니 미친 요구이다. 거기다 난 밤을 새우고 술까지 마신 상태이니 무조건 거절해야만 했다. 하지만 최근에 나를 지배하고 있던 이상야릇한 충동이 또 한 번 나를 잡아챘다. 난 싫다는 말 대신 창문 바깥으로 발을 내디뎠고 잠시 후엔 삼 층 높이의 아시바 위에서 바람을 느끼고 있었다. 시원하다 — 방금 전에 서 있던 곳과 딱 세 걸음 차이지만 공기가 다르다. 그렇다. 파리가 옆으로 1cm만 잘못 날아도 거미줄에 걸리는 것처럼 운명이 갈리는 데엔 몇 걸음이면 충분한 법이다. 내일 뉴스에 내가 나올 수도 있다.

〈공사장 안전사고 또 일어나다. 삼십 대의 미숙련공, 안전벨트 없이 아시바에서 작업하다가 추락사. 평소 영화에 꿈을 가지고 있던 그는 생활비를 위해 공사장을 전전하다…〉

앨런 포가 말한 어둠에의 충동이 이런 것일까? 물론 아니다. 이건 술김에 나온 객기일 뿐이다. 난 그걸 알면서도 영만을 따라 폼을 뜯어 내보려 했고 지상에서도 힘든 일을 공중에서 하려니 잘 될 리가 없었다. 폼을 움켜쥔 손에 과감히 힘을 줘보았다. 순간 우직한 소리와 함께 폼이 떨어져 나오며 몸의 균형을 잃고 말았다. 정신이 번쩍 들었고 손을 뻗어 기둥에 매달린 후에야 다음 생각을 할 수 있었다. 젠장, 한

공사장 한복판에서 영화를 외치다

번 올라 서봤으니 그걸로 됐다…. 난 다시 건물 안으로 들어가 말했다.

"저 아시바 못 탑니다. 계속 시키면 그냥 집에 가겠습니다."

영만의 얼굴이 딱딱하게 굳었다. 그는 곧 교도소 경험을 얘기하며 내게 겁을 주려 했지만 난 그를 없는 사람 취급해버렸다. 우린 곧 조용해졌고 그제야 난 내가 무슨 짓을 했는지 실감할 수 있었다. 잠시 죽음을 체험해본 기분이 들었다. 뒤늦게 심장이 쿵쿵 뛰고 있었다.

오후 한 시. 영만이 다른 목수 둘과 싸우다(거의 일방적으로 욕을 내뱉다) 집으로 가버렸다. 나로선 다행인 일이었다. 전과 5범의 그는 사신과도 같았고 계속 같이 일했다가는 무슨 일이 벌어졌을지 모른다.

난 이제 목수들이 노끈에 묶어준 폼을 옥상에서 끌어 올리기 시작했다. 정말 역대급으로 힘든 개발이었다. 너무 힘들어 졸리지도 않았다. 목수들이 잘 쉬지 않는다는 건 알고 있었지만 이 정도인 줄은 몰랐다. 이들은 아예 쉰다는 개념 자체가 없는 듯했고 영만과는 다른 방식으로 미쳐있었다. 두 시간 반을 스트레이트로 일하는 사이 난 모든 기운을 소진해버렸고 폼 하나를 끌어올리기 위해 젖 먹던 힘까지 짜내야만 했다. 알코올이 섞인 땀이 흘러내렸고 잠시 후에 난 줄을 당기는 게 아니라 그쪽으로 끌려 들어가고 있었다. 까딱 잘못하면 옥상 아래로 떨어질 판이었다. 또다시 뉴스 헤드라인이 아른거린다.

〈미생의 작가 지망생, 폭염의 옥상에서 정신 잃고 떨어져…〉

하지만 목수들은 흔들림이 없었다. 어떻게 이 땡볕에 물한 방울 마시지 않을 수 있는 걸까. 평생을 일하는 사이 낙타처럼 변해버린 것일까? 이들은 정녕 영혼이 없단 말인가?

그렇다. 난 죽은 자들과 일하고 있었고 덩달아 생기를 잃고 있었다. 최근의 개발은 내게 그랬다. 그놈은 날 산 채로 죽이고 있었다. 글쓰기니, 개발이니, 뭐니 다 때려치우고 고통에서 벗어나고 싶었다. 그냥 다 내던지고 망가지고 싶은, 그런 날 누가 봐주길 바라는 어린아이 같은 마음이었다.

못을 찾아 일 층에 내려가게 되면서 잠시 쉴 수 있게 되었다. 난 십 초에 한 계단씩 내려간 뒤 이미 찾은 못을 계속 찾는 척하며 오 분을 더 소진했다. 그리고 다시 십 초에 한 계단씩 올라가기 시작했다. 깡깡__ 망치 소리가 들린다. 그들

공사장 한복판에서 영화를 외치다

은 여전히 쉬지 않은 채 못질 중이었고 그건 거의 광기 어린 행동이었다. 안 되겠다. 더 천천히 올라가자. 난 아예 이십 초에 한 계단씩 올라가기 시작했고 반 층을 올라가는 데만 오 분 이상이 걸렸다.

층계참을 돌다 걸음을 멈췄다. 꾸물거리는 사이 해가 넘어가면서 역광을 받은 목수들의 그림자가 건물을 두른 흰 천 위에 비치고 있었다. 두 명의 목수가 쪼그려 앉아있다. 한 명은 못질 중이고 다른 한 명은 어깨에 널빤지를 멘 채 기다리고 있다. 그들은 그들의 일을 하고 있었다. 기분이 묘하다. 무성영화의 한 장면 같은 이 그림자극에서 눈을 뗄 수가 없다. 난 자리에 선 채 바라보고 또 바라보았다. 그리고 불현듯 생각 하나가 떠올랐다. 그림자는 그 사람의 행위만을 보여준다는 것 — 어떤 감정도 들어가지 않은 순수 행위를. 그게 그림자의 본질이었다. 표정도 감정도 없는 실루엣을 보며 뭔가를 느끼는 건 그걸 보는 이의 마음이 투영되었기 때문이다. 이 짧은 순간 덕에 그날 전체를 보상받은 기분이었다.

늦은 오후. 참으로 막걸리를 마시며 목수들의 대화에 귀를 기울였다. 그들은 동료 목수들의 죽음을 너무도 태연히 얘기했는데(매년 두세 명 정도가 추락하는 모양이었다) 다

개발관의 군상들

음이 자신일 수도 있다는 건 안중에도 없는 듯했다. 어떤 면
에서 그들은 죽음에 초연했고 두려움도 없어 보였다. 나도
그러고 싶었지만 그들처럼은 아니었다. 그건 그저 무감각한
상태일 뿐이기 때문이다.

"목수 나이 일흔이면 손에서 망치 놓아야지."

추락하지 않은, 살아남은 자의 말이다. 진저리 처지면서
도 경이로웠다. 그들은 본체와 그림자가 정확히 일치하는 삶
을 살고 있었으며 그건 나로선 도저히 이해할 수 없는 영역
이었다. 그들은 계속해(적어도 일흔까지는) 생과 사의 경계
에 서 있을 것이고 곧 삶과 죽음은 같은 것이 되고 말리라.

난 그들의 깊은 주름을 보며 막걸리를 들이켰다. 나이도,
기질도, 삶을 바라보는 방식도 완전히 다르지만 우린 같이
술을 마시고 있었다.

그 뒤론 일이 쉬웠다. 각목을 줍는 사이 일이 끝났고 난 목
수들과 인사를 나눈 후 길을 나섰다. 결과적으로 특별한 하
루였다. 그들은 옆구리에 죽음을 차고 있었으며 그림자는 하
나의 메타포와도 같았다. 살아 움직이는 나의 그림자는 어
떤 모습인가?

변화가 필요하단 생각이 들었다. 개발은 계속하겠지만 거

기 점령당해선 안 될 것이다. 거리두기가 필요하다. 그리고 밖으로 나가야 한다. 사람을 만나야 한다. 내 글을 이해하고 이야길 나눌 수 있는, 같이 만들 수 있는, 세상에 내비칠 수 있게 도와줄 이를 만나야 한다. 홀로 회의감에 고통스러워 할 필요가 없다.

뫼비우스의 띠를 조금 비틀어보기로 했다. 반복을 새롭게 받아들일 준비가 된 거 같았다.

영화로 돌아오다

프로듀서를 만나다

영화판 지인들에게 연락을 돌렸다. 서로 안부를 물었고 연락이 다른 연락을 낳았으며 곧 술자리가 잡혔다.

꽤 많은 영화인이 모였다. 다들 각자의 현장 속 정치와 스캔들을 떠들어댔는데 현장에서 꽤 멀어진 나로선 흥미를 느낄 수 없는 이야기뿐이었다. 난 그저 듣기만 하며 그들을 관찰했다. 다들 너무 똑똑했고 자아가 강했고 속을 감추고 있었다. 천상 영화인들이었다. 은밀한 야망에 눈을 번뜩이는 이가 있는가 하면 그저 영화를 많이 했다는 게 자존감인 그런 이들도 있었다. 어쨌든 이들 중 누군가는 감독이 될 것이고 또 누군가는 나이가 허락하는 한 계속 조수 일을 해나갈 것이며 어떤 이는 개발전문가가 되어 영화를 등한시하게 될지도 모른다. 세상일을 누가 알겠나. 떠드는 사이 무리의 수장인 현역 감독이 자리에 나타났다. 그는 우리에게 현재의 위치와 나아갈 방향에 대해 물었고 자리엔 드디어 엄숙함이 흐르기 시작했다. 한 명씩 답을 해나갔고 내 차례가 되었을 때 난 작정하고 속을 까 보였다. 일주일에 이삼일씩 개발을 하고 남는 시간엔 글을 쓰고 있으며 다른 무엇도 아닌 내 글을 쓰고 싶다 — 이게 내 대답이었다. 꽤 멋지게 들릴법하다. 거기다 젊은 놈이 알바로 개발을 한다고 하면 십중팔구는 그 사람을 좋게 보곤 하기에, 내 대답은 먹혀들었다. 감독은 그 많은 제자들 앞에서 날 치켜세웠고 그날 난 내가 대단해서 대단한 게 아니라 감독이 선택한 놈이라 대단한 놈이 되었다. 하지만 난 한껏 고무되었다. 평소 존경하던 이에게 그런 이야길 듣다니, 제대로 해내어 그의 기대에 부응하고 싶었다. 그 순간만큼은 그가 나의 아버지였다.

　아무리 좋은 자극도 시간이 지나면 사그라지는 법. 그 전에 작업에 착수해야 했고 난 다시 밤을 새워가며 글을 쓰기 시작했다. 괜찮은 기분, 뭔가 만들어진다는 느낌이 들었다.
　그러던 차에 대학 후배 놈에게서 연락이 왔다. 단편영화

작업을 하자고 한다. 한참 글이 잘 써지던 터라 거절하려 했지만 프로듀서가 상업영화 출신이란 말에 귀가 솔깃했다. 어쩌면 내 글을 보여줄 수 있을지도 모른다. 난 결국 생각을 바꿨고 몸도 풀 겸 작업에 동참하기로 했다. 그러고 보니 개발 외에 다른 일로 돈을 버는 건 실로 오랜만이었다. 여러 일이 꼬리에 꼬리를 물고 일어나고 있었다.

개발과 영화 현장을 비교할 순 없지만 매일 땀을 일 리터씩 쏟던 내게 이 현장은 맥주 원샷만큼이나 쉽게 느껴졌다. 조연출인 후배가 모든 일을 처리했으며 감독은 뭘 찍든 한 번에 오케이였다. 그는 화면에 뭐가 나오든 신경 쓰지 않았으며 배우가 대사를 틀려도 모르는 듯했다. 보다 못한 스텝이 한 번 더 가자고 말해도 마찬가지였다. 그의 대답은 언제나 '상관없어요.' 혹은 '괜찮아요.' 둘 중 하나였고 그는 영화를 전위예술로 생각하는 괴짜 혹은 아무 생각 없는 사짜 둘 중 하나임이 분명했다. 쾌속 질주. 그 말이 어울리는 현장이었고 달리 할 일이 없었던 난 주연배우인 꼬마와 귀신 놀이 같은 걸 하며 시간을 보냈다. 대략 이십오 년 만에 해보는 놀이였다.

현장이 이러했으니 사람을 관찰할 시간도 넘쳐났다. 난

특히 피디인 지선을 유심히 살펴보았는데 사실 그녀는 일부러 찾지 않아도 알아서 눈에 띄는 사람이었다. 영화를 하는 사람이 의례 그렇듯 그녀 역시 조금은 정신이 나가 있는 듯했다. 그녀는 명쾌한 동시에 위험했다. 불의(기준을 알 수 없는)를 참지 못했고 자주 욱했으며 생각과 동시에 말을 내뱉었다. 단 일 초도 참는 법이 없었는데 스텝은 물론 배우에게도 자비가 없었고(감독은 피디의 지인이라 무사할 수 있었다) 자신의 사람과 그렇지 않은 사람을 확실히 나눴다. 술을 무척 좋아했으며 몇 번은 취한 상태로 현장에 나오기도 했는데 혀가 꼬인 걸 들키지 않으려 입을 다물곤 있었지만 취중 개발을 몇 번이나 봐온 내 눈까지 속일 순 없는 일이었다. 하기야 술 먹고 빌딩도 짓는데 영화라고 못 만들 이유가 없지. 결과물은 장담 못하겠지만.

지선은 그녀가 다른 이를 대하는 것만큼이나 그녀 자신도 호불호가 나뉠 스타일이었지만 아군이 되면 한없이 든든할 그런 사람이었고 때문에 난 그녀가 내 글을 봐줄 적임자라 생각했다. 난 내 편이 필요했고 그녀는 보기 드문 의리파였다. 문제는 그녀의 눈에 드는 것이었는데 이건 생각 외로 쉽게 해결되었다. 알고 보니 지선은 후배와 친분이 있었고 난 후배가 추천한 선배라는 이유만으로도 점수를 따고 있었던 것이다. 거기다 촬영 중 딱 한 번 있었던 나의 소신 발언(스텝 하나가 부순 정자의 기왓장을 두고 유일하게 자수하자고 한)이 좋은 인상을 남긴 덕에 촬영이 끝나갈 즈음 지선과 난 제법 가까워져 있었다.

촬영이 끝났다. 영화인들의 낙, 어쩌면 영화를 하는 이유인 쫑파티까지 모든 게 종료됐다. 거나하게 마시고 찌꺼기는 변기로 흘려보냈으니 이제 뭐든 다시 시작하면 될 일이었다.

난 며칠 뜸을 들인 후 지선에게 전화를 걸어 글을 봐줄 수 있느냐고 물어보았다. 글을 볼 기회를 줘서 고맙다는 인사의 말이 돌아온다. 그녀는 제대로 된 피디였다.

며칠 후 연락이 왔고 우린 커피숍에서 만나 글 얘기를 나눴다. 나쁜 글은 아니지만 당장 뭔가를 시도할 만큼 뛰어나지는 않다고 한다. 예상했던 결과였다. 난 비장의 카드는 아껴둔 채 맛보기용 시나리오를 보여준 참이었다. 그럭저럭 대화가 이어졌고 서로의 신변을 묻다 보니 자연스레 개발 이야기가 나왔다. 순간 나를 보는 그녀의 눈빛이 바뀌었다. 뭐 새삼스러울 것도 없다. 난 순식간에 좁은 길을 선택한 줏대 있는 젊은이가 되었고 기생오라비 같은 얼굴로 개발을 한다는 희소성까지 더해져 원래의 나보다 훨씬 좋은 인상을 주게 되었다. 글쎄 어떨까, 저들이 바라보는 나와 내가 알고 있는 나 둘 중 어떤 게 진짜 나와 가까울까. 알바로 개발을 하는 것이 그렇게나 대견한 일인가? 어느 정도는 맞고 또 어느 정도는 틀리다. 개발은 매우 격렬한 일이기에 내 또래의 선택범위에서 확실히 벗어나 있고 그걸 선택한 난 꽤 희귀한 인간임이 분명하다. 하지만 많은 이들이 개발의 첫인상에 눈이 멀어 기회비용을 생각하지 못한다. 난 힘든 일을 하고 있지만 그만큼 자유롭기도 하다. 다시 말해 난 용기 있는 선택이라기보단 지극히 내 기준의 현실적인 선택을 했을 뿐이다. 그 지향점이 돈은 아니라는 것, 그것 하나가 대견하다면 대견할까. 그리고 내가 꿈을 위해 얼마나 애를 쓰는지는 오직 나만 알 수 있는 부분이다 ― 난 아직 반쪽짜리일 뿐이었다. 나의 창작활동은 보잘것없는 수준이기에, 난 젊은 창작자이면서 대책 없는 놈팡이이기도 하다. 한 가지 확실한 건 우락부락한 마초가 개발을 한다고 하면 앞서 지선이 보인 반응 같은 건 절대 나오지 않는다는 것이다(슬프지만 진실이다). 내 외모는 이럴 때마다 주인 편이 되어주었다. 결과적으로 개발에 대한 선입견과 고생이라곤 해본 적 없는 듯한 내 첫인상의 시너지 덕에 곧바로 난 지선을 향해 노를 저으며 개발계의 여러 이야길 들려줄 수 있게 되었다. 땀과 고통, 노

영화로 돌아오다

동자들의 연대감 등 듣기에 그럴듯한 얘기 외에도 혼자 간직해야 할 경험들까지 하나의 패로 써먹었다. 어쩔 수 없었다. 개발의 가치를 스스로 죽이고 있다는 걸 알면서도 난 영악해져야만 했다. 젠장, 능청스럽게 이빨을 터는 난 이미 전문 이야기꾼이었다.

분위기가 무르익었다. 난 여태 아껴뒀던 이야기, 이제 막 쓰기 시작한 장편 시나리오의 아이디어를 꺼내 들었고 이미 가속이 붙은 혀는 생명을 가진 듯 저 혼자 움직여댔다.

"제목은 소원의 집. 장르는 공포고요, 기본 설정은 이렇습니다. 과거 무당의 집이었던 폐가에 사람 귀를 놔두고 하루를 보내면…."

사람을 겁주는 능력은 곧장 눈에 띄기 마련이기에, 많은 예비감독들이 저예산 공포영화를 데뷔작으로 선택하곤 한다. 그리고 대중과 평단의 눈도장을 확실히 찍은 후 진짜 자신을 드러낼 수 있는 다음 영화를 준비한다. 하지만 난 다른 계산 없이 평소 좋아하던 이야기를 쓴 것이기에, 말을 쏟고 있는 이 순간이 진짜 나 자신이었다. 다음은 다음에 생각해야 했다. 아니, 다음 같은 건 없었다.

지선은 끝까지 진지한 얼굴로 이야길 경청 후 입을 열었다.

"이야기 좋네. 괜찮으면 같이 기획해볼래?"

됐다! 운 좋게도 지선은 공포영화 마니아였고 난 그토록 듣고 싶었던 말을 듣게 되었다.

길고 긴 터널을 뚫고 나온 듯한 기분 — 이제 모든 건 달라질 것이다. 난 마침내 뫼비우스의 띠를 비트는 데 성공하였다.

작업이 시작되자마자 이상한 일이 일어났다. 지선은 과도할 정도로 다가왔고 그때마다 난 멀어지려 애쓰고 있었다. 고양이처럼 적절한 거리두기를 좋아하는 내게 지선의 저돌성은 너무도 부담스러웠지만 이미 그녀는 날 자신의 사람으로 낙점해버렸고 그 덕에 난 말도 안 되는 구실로 만들어낸 각종 엠티와 술자리에 반강제로 끌려다녀야 했다. 그게 그녀의 방식이었고 많은 이들이 그걸 힘들어하다 종국엔 포기하게 되는 것 같았다. 이 또한 사물의 양면성으로 치부하며 견디는 수밖에 없었다.

하지만 이 모든 것들에도 불구, 글을 쓰는 속도가 확연히 빨라졌다. 내 안에서 나온 무언가가 타자 위로 스며들었고 지선은 그걸 나는 모르는 (자본을 가진)누군가에게 보여준 후 피드백을 받아왔다. 나는 곧 나의 자아를 다른 이들 앞에

까발리는데 익숙해졌는데 그건 예전과는 확실히 다른 전문적인 글쓰기의 형태였다.

많은 부분이 충돌했지만 지선은 든든했다. 바라보는 누군가 있다는 느낌. 난 남몰래 희망을 품게 되었고 그렇게 나의 이야긴 새로운 국면에 접어들었다.

낮에는 글노동, 밤에는 막노동

자판을 두드린 후 지선을 만나 술을 마시며 이야길 하고 반박하면서 받아들이는 것. 그게 나의 일이었다. 이때쯤의 난 거의 모든 술자리를 지선과 함께했는데 그녀는 밥과 술값은 무조건 피디가 계산해야 한다는 야릇한 신념이 있었다. 뭐 좋은 게 좋은 거겠지. 어차피 마셔야 할 술, 난 더는 빼지 않고 그녀가 주선한 자리에서 온갖 영화인들을 다 만나고 다녔다. 촬영감독, 미술감독, 조감독, 막내, 막내의 친구, 친구의 룸메이트 등등 끝도 없었고 그들의 첫 번째 질문은 언제나 똑같았다.

"개발 그거 힘들지 않아요?"

달리 뭐라 말할 수 있을까?

"할만해요."

뻔한 질문에 대한 뻔한 나의 대답이다. 술자리는 그럭저럭 괜찮았지만 가끔은 또 볼 일이 있을까 싶은 사람들까지도 내 글에 이런저런 평가를 해댔고 언제나 질문을 던지고 평가를 하는 쪽이 갑이 되기 마련이기에 그건 꽤 고약한 일이었다. 거기다 지선은 (새로이 그녀의 사람이 된)내가 이 기존 멤버들과 친인척만큼이나 가깝게 지내길 바랐는데 그것 역시 고행이었다. 또한 정식계약도 하지 않은 채 일을 진행하는 날 회의적으로 바라보는 이들도 있었는데, 그들 말에 의하면 지선은 정식 피디가 아닌 브로커에 불과할 뿐이었다. 어쩌면 그 말이 맞을지도 모른다. 하지만 이 모든 것들에도 불구, 난 괜찮았다. 누군가 날 봐주고 밀어준다는 것 자체가 감지덕지했고 여느 때와 다름없는 글과 개발의 반복이었지만 가장 중요한 '기분'이 달랐다.

이 기분은 개발 현장까지 이어졌다. 하루는 고층빌딩 옥상에서 모타맨을 하게 되었다. 푸른 하늘과 시원한 바람, 일정한 운율로 쏟아지는 시멘트 소리가 청량한 무언가를 연상시킨다. 난 잠시 눈을 감은 채 소리에만 집중해보았다.

공사장 한복판에서 영화를 외치다

쏴아아__ 쏴아아__

…파도 소리다. 희망을 품고 긍정적으로 바뀐 나의 뇌 체계는 욕 소리가 난무하는 공구리 현장을 광안리 앞바다로 바꾸어 놓았다. 인간은 자신의 변덕만으로 사물을 달리 볼 수 있는 것이다. 난 그날따라 유난히 활기차게 일했고 쉬는 시간엔 최근 모터를 잡은 놈들 중 제일 일을 잘한다는 팀장의 칭찬까지 듣게 되었다. 어쩌면 개발이 내 길이 아닐까 하는 우쭐함까지 들었지만 내일도 나오라는 팀장의 말에 정신이 번쩍 들었다. 안 될 소리지, 수없이 오가는 인부들 사이에서 좋은 인상을 남겼다는 것만으로도 만족할 수 있다.

개발 쪽에서 중대한 변화가 일어났다. 누군가의 대타로 야간 일을 하루 나가게 된 것인데 어느 인력사무소든 야간 일은 그 사무소의 핵심 멤버만 나갈 수 있는 노른자와 같은 것이었기에 난 그 일을 끝까지 물고 늘어졌다. 그리고 마침내 야간 고정 멤버에 속할 수 있게 되었다. 이건 좋은 신호였다. 야간임금은 주간의 두 배 수준이었기에 일하는 날짜를 줄일 수 있었으며 스스로를 밤의 영역에 속한다 생각하는 나로선 야간에 일하는 게 몸도 마음도 훨씬 편했다. 모든 게 옳은 방향으로 나아가는 듯했고 난 나만 잘하면 된다는 순진한 생각을 품게 되었다.

야간 일의 구십 퍼센트는 철거였다. 백화점처럼 낮에 부술 수 없는 곳을 밤에 부수는 것이다. 누가 볼 새라 은밀한 시간에 작업을 해나가는 듯한 이 일의 모습은 내게 보이지 않는 영역, 사물의 이면에 속해있는 듯한 쾌감을 주었다. 쉬는 시간에 새벽의 거리로 나오면 그런 느낌은 배가 되었다. 담배를 태우지 않는 난 홀로 보도 끄트머리에 앉아있곤 했는데 편안히 자릴 잡은 후 밤하늘에 걸쳐진 빌딩 조명을 보고 있으면 마음이 차분히 가라앉곤 했다. 고갤 돌려 거리를 바라본다. 지금 인부들은 내 뒤쪽에 있기에, 내 시선이 닿는 곳 어디에도 생명이 없다. 이럴 땐 공간 자체가 하나의 거대한 생명으로 느껴지곤 했는데 그것은 어둠 속에서 그제야 긴장을 풀고 원래의 모습을 보여주는 듯했다. 그건 날 압도하거나 짓이길 마음이 없었으며 그 안에서 내가 자유로이 활보하도록 내버려 두었다. 난 이미 마음속으로 그 거리를 걷고 있었다. 죽음과 긴밀하게 연결되어 있는 밤. 그 속을 관통하며 걷는다는 건 죽음을 느끼며 자신을 인지하는 영원한 몽상의 길이다. 물론 낮에도 이런 느낌을 주는 곳이 있긴 하다. 가장 후미지고 습하며 좀처럼 사람의 발길이 닿지 않는 곳들. 식당 주방 뒷문으로 연결된 뒷골목, 강변에 위치한 허름한 호

텔의 주차장, 있어야 할 무언가가 갑자기 사라진 듯 텅 비어 고요한 주택가 등등. 낮의 열기를 머금은 그곳들은 살아있으면서 죽은 상태이기에 종종 부자연스럽고 불쾌하다. 하지만 그 기이한 느낌은 다른 어느 곳에서도 찾아볼 수 없기에 밤거리만큼이나 날 매혹 시키곤 한다. 짐 자무쉬는 이 느낌을 가장 잘 알고 있는 감독이다. 그의 영화에는 항상 차분히 가라앉은 거리가 나오고 인물들은 그 위를 서성인다.

생각이 돌고 돌아 영화로 돌아왔다. 이것이 지금의 나이기 때문이다. 사람은 원래의 자신에게서 멀리 떨어질수록 더욱 강하게 자아를 느낀다. 만물이 잠든 시간에 자신을 느낀다는 건 매혹적인 주술이었고 일을 하며 이런 느낌을 받을 수 있다는 건 야간 개발만의 특권이었다. 다신 주간 일을 나가지 못할 것만 같았다.

몽상의 끝은 언제나 시간의 확장과 맞닿는다. 우연한 사고(思考) 속에서, 그리고 꿈속에서 우리는 시간을 인지하지 못한다. 그 속에서 우리는 영원을 헤매며 빛나는 자신만의 성을 쌓다가 현실로 돌아오곤 한다. 그러면 시간은 다시 예전처럼 더디게, 혹은 빠르게 흘러가기 시작한다. 결국 우리 모두는 영원을 꿈꾸고 있고 이 판타지와 현실 사이를 오가는 것이 결국 시간의 흐름, 삶일 것이다. 그리고 글쓰기는 그 중간에서 이루어진다.

하루는 야간 신호수 일을 하게 되었다. 굴삭기가 하수관을 파헤치는 동안 거리의 사람들을 통제하면 되는 일이었다. 밤의 거리엔 오가는 사람이 거의 없었고 난 여느 때처럼 몽상에 빠져들기로 했다. 하나, 두 가지 변수가 있었다. 갑자기 추워지기 시작한 날씨와 바로 옆 주유소의 벽시계 — 즉각적인 현실의 고통과 이미 인식해버린 시간의 흐름. 추위 속에서 시계를 보지 않는 건 불가능한 일이었고 완벽한 시간의 인식 속에서 무의식으로 들어가는 것 역시 불가능했다. 고물상에 열댓 개는 버려져 있을 것 같은 시계 하나가 내 모든 몽상을 망가뜨리고 있었던 것이다. 이제 시간은 추위 그 자체였고 견디거나 죽여야 할 대상일 뿐이었다. 킬링 타임이 시작되었다. 우선 시시껄렁한 생각들로 시작해보았다. 그냥 만나볼 걸 싶었던 여자들, 대학 동기 육십 명의 이름, 봐야 할 영화와 읽어야 할 책들, 사고 싶은 옷 등등 온갖 자질구레한 것들을 다 떠올려 봤지만 고갤 돌려 시계를 보니 채 한 시간도 지나지 않은 상태였다. 하루와도 같은 한 시간, 추위를 잊기 위해서라도 현실을 벗어나야 했다. 어떻게든 꿈의 영역으로 들어가야 한다. 하지만 그럴 수 없었다. 그게 무엇이든 그걸 의식하는 순간 그건 완전히 달라져 버린다. 어떻게 무의식을 의식할 수 있겠는가? 차라리 의식의 흐름을 무의식이라 해야 할 것이다. 그것은 잠에 빠져드는 것과 비슷하다. 잠에서 깨어나야 잤다는 걸 인식하는 것처럼 무의식의 인식은 거기서 빠져나온 순간에야 가능하다. 지금 나에게 필요한 건 잠들기 직전의 마지막 느낌 — 졸림이다.

두다다다_ 두다다다_

굴삭기의 일정한 리듬, 밤을 횡단하는 얼굴 없는 자동차 헤드라이트…

최근 내 글은 나를 앞서거니 뒤서거니 하고 있었다. 하지만 난 언제나 지금의 나보다 앞서있길 원했다.

지금 내가 개발을 일주일 더 한 상태라면 마음 편히 글만 쓸 수 있을 텐데.

지금 내가 글을 탈고한 상태라면 마음 편히 영화만 볼 수 있을 텐데.

지금 내가 개발을 끝내고 글도 탈고하고 미뤄둔 영화까지 다 본 상태라면 마음 편히 고향에 내려가 가족들과 시간을 보낼 수 있을 텐데.

지금 내가 - 지금 내가 - 지금 내가 - 끝없는 가정법. 시간의 확장을 꿈꾸는 필멸자의 숙명. 어쩌면 내가 궁극적으로 바라는 건 성공과 그에 따른 박수갈채가 아니라 그 뒤에 오는 마음의 평화, 완벽한 자유일 것이다. 마음이 편안한 상태. 모두들 이걸 얻고자 기를 쓰고 움직이지만 그럴수록 그건 더 멀어진다. 바꿔야 하는 건 세상과 스스로를 바라보는 태도이지만 그건 의식한다고 되는 게 아니다. 너무도 많은 이들이 그렇지 않기 때문에 행복하다고 말한다. 스스로를 속여 넘긴다. 모든 걸 받아들이고 자연스러워질 순 없는 것일까. 살아생전 모든 걸 다 내려놓고 쉬는 일이 가능할까. 성공 후 얼마간의 자유를 맛보았다고 하면, 그다음은? 죽음만이 영원한 휴식이란 말이 어렴풋이 이해가 된다. 희망이 없으면 고통도 없는 법이다. 모든 걸 내려놓고 쉬고 싶다. 정말로 편안해지고 싶다. 하지만 나라는 모순덩어리는 그 조그만 욕망 하나도 포기하지 못한 채 고통스러워한다.

난 아무것도 아니다. 아는 것 하나도 없다. 그렇다면, 이대로 나아가는 수밖에 없다. 앞에 뭐가 나타나는지 보고 느끼기 위해서라도. 그 끝에 다다른 후 '내 이럴 줄 알았지.'란 말이 나오더라도.

"식사하세요!"

인부 한 명이 내게 손짓하고 있다. 어느새 세 시간이 지나있었다.

　김밥천국표 갈비탕. 마땅히 먹을 장소가 없어서 그냥 인도에 퍼질러 앉아버렸다. 랩을 벗기자 김이 왈칵 올라온다. 파랗게 질린 입술이 따끔거리지만 개의치 않고 국물을 삼킨다. 더러운 손으로 콧물을 훔치며 계속 밥을 욱여넣는다. 정말 눈물 나게 맛있다.

　우우웅… 일은 할 만하냐며 지선에게서 문자가 왔다. 난 다시 현실로 돌아와 있었다.

캐스팅 회의와 기다림

완연한 겨울이었다. 공사장 일자리가 반으로 뚝 떨어지는 개발계의 암흑기. 하지만 야간 개발은 대부분이 건물 내부 작업이라 그럭저럭 일이 있는 편이었다. 그것도 글 작업과 딱 병행하기 좋을 정도로. 다행인 일이었다. 아직 주간에 머물러 있었다면 편의점 알바라도 뛰어야 했을 것이다. 최근 신의 뽑기엔 내가 들어있었다.

핑음과 먼지. 야간 철거는 이 두 가지로 요약 가능했다. 흔히 보양이라고 부르는 먼지 가림 작업을 끝내고 나면 곧바로 모든 장비를 동원하여 깎고 자르고 부수고 뚫어대기 시작한다. 부서지는 벽과 천장의 파열음, 잘려 나가는 고철과 목재의 비명, 유리 깨지는 소리 너머 인부들의 고함과 욕이 한데 섞인 채 닫힌 공간 안에서 메아리친다. 가히 소음을 넘어선 굉음이라 할 만하다. 그리고 파괴의 부산물인 먼지들. 석면 가루, 쇳가루, 곰팡이 등등 폐로 들어가 수명을 단축시킨다는 이놈들은 굉음만큼이나 사람 정신을 혼미하게 만든다. 이 모든 걸 견디다 밖으로 나가 바람을 쐬고, 다시 들어와 일을 하고, 또 바람을 쐬고, 그러다 밥을 먹고, 커피를 마시며, 하늘의 별을 바라본다. 밤에 익숙한 이들과 그러지 못해 졸린 눈을 비비는 이들, 냉탕과 온탕, 소란과 고요, 그 간극에서의 몽상. 그리고 여기 또 다른 무언가가 있다. 인부 하나가 벽의 석고보드를 뜯어내고 있다. 그것은 가루와 함께 갈라지다 한순간 무너져 내리며 거친 속살을 드러낸다.

우수수…

그렇다! 철거는 겉치레적인 모든 것을 부수고 원래의 모습으로 돌아가는 길이다. 속을 채우던 것들을 덜어냈기에 전보다 훨씬 넓고 황량해지기까지 한 현장을 보고 있으면 기분이 묘했다. 우린 부수기만 했기에 (훗날 일부러 찾아보지 않는 이상)새로이 들어오는 것까진 알 수 없었다. 하나, 어떤 기대감이 있었다. 다가올 봄에 돋아날 것들을 위한 예비 작업, 무언가 일어날 차례라는 막연한 예감 혹은 기대감. 언제 올지 모르는 기차를 기다리며 달렸던 스코틀랜드의 마약쟁이들처럼 나도 언젠간 내게 올 기회를 기다리며 삽질, 톱질을 하고 있었다.

하루는 지선이 캐스팅 회의를 하자고 한다. 아직 글을 배우들에게 보여주긴 이르다 생각했지만, 뭐 그러자고 했다. 주인공과 가장 이미지가 흡사한 배우 다섯 명 고르기. 티켓 파워를 고려하되 장르와 예산, 데뷔작이라는 것까지도 생각할 것. 전혀 어렵지 않았다. 평소 머릿속에서만 굴리던 이름들을 적어내면 끝이었다. 하나, 활자화된 이름들을 보고 있자니 이상할 정도로 민망했다. 이게 가당키나 한가? 무작정 행복회로를 돌리는, 마치 소꿉장난을 하는 듯한 그런 기분이었다.

〈1순위 - 고펜남 2순위 - 박돌창 3순위 - 송빠경 4순위 - 이근상〉

지선과 나 둘 다 말이 없었다. 내가 뽑은 이들은 죄다 예민하기로 유명한 배우들이었던 것이다. 지선은 곧 들릴 듯 말 듯 한숨을 내쉬었다. 하지만 그녀가 보기에도 그 배우들이 맞았다. 예민한 역은 예민한 사람이 가장 잘 연기할 것이다. 아직 일어나지도 않은 미래를 두고 벌써 걱정할 필요는 없었다.

지선은 개발 현장 속 바브캣처럼 밀고 나갔다. 좁은 통로에서도 야물딱지게 밀어붙이는 조그만 불도저. 그녀는 항상 결과물을 들고 오곤 했기에 이번에도 그렇게 되지 말란 법은 없었다. 하지만 이번만은 힘들 수도 있었다. 난 아직 내 글을 완전히 신뢰하지 못했으며 고비 없이 배우에게 사인을 받는다는 건 어쨌거나 상상하기 힘든 일이었기 때문이다. 가시밭길 없는 영광의 길이 있을까?

젠장, 있었으면 좋겠다. 요행이든 뭐든 제발 좀 잘 풀렸으면 하는 은근한 소망, 개발을 할 때의 막연한 예감이 이것이었으면 하는 바람.

지선은 일의 진행 과정을 세세하게 보고해주었다. 지인 누구에게 글을 보냈다, 그 누구는 펜남과 작업을 해본 적 있는 제작사의 직원이다, 어쩌면 배우가 글을 보고 싶다는 의사를 보낼 수도 있다 등등 더없이 투명하고 옳은 방식이었다. 난 그때마다 감사를 표하며 기다리고 또 기다렸다. 영화를 만들고자 하는 건 대체로 기다림의 연속이었고 그 시기를 버틸 유지비와 개발은 필수였기에, 고향 친구 놈의 말처

영화로 돌아오다

럼 난 영화를 위해 개발을 하는 게 아닌 개발을 위해 영화를 고집하는 것처럼 보이기도 했다. 지옥을 통과하던 단테의 몸이 뒤집히는 것과도 비슷했지만 난 지옥이 아닌 연옥을 거치는 중이었다(여담이지만 그 고향 친구는 훗날 주식 빚을 갚느라 개발을 뛰게 되었고 자연히 난 그의 대선배가 되었다).

그러던 어느 날 펜남에게 글이 넘어갔다는 소식이 들려왔다.

'맙소사, 글이 재미있다고 하면 어쩌지?'

잠시 설레었지만 그 뒤의 기다림은 앞선 기다림보다 훨씬 길었고 그사이 겨울은 끝나가고 있었다.

가을 겨울 그리고 봄. 지선과 맞이하는 세 번째 계절. 그녀는 여전히 든든한 지원군이었지만 종종 그리고 자주 부담스러웠다. 그녀는 나의 거리두기를 허용하지 않았으며 온갖 구실을 다 만들어내 내 주변에 있으려 했다. 괴로웠다. 글을 고치든, 책을 읽든, 무슨 뻘짓거리를 하든 난 혼자인 시간이 필요했다. 며칠간 쭉 이어지는 연속적인 홀로됨 말이다. 난 아직 감정적인 부분에서만큼은 정치적이지 못했기에 싫은 티를 팍팍 내곤 했다. 하나, 지선은 끄떡도 하지 않았다. 그건 이상한 시련이었고 난 제발 그녀가 내게 그만 빠지게 해주십

사 제사라도 올리고 싶은 마음이었다.

그러던 차에 펜남에게서 연락이 왔다. 흥미로운 글이었고 날 만나고 싶다며 가까운 시일 내 다시 연락하겠다고 한다.

'이런 젠장! 진짜 펜남을 본다고? 이러다 덜컥 되는 거 아냐?'

'뭘 준비해야 하지? 시간이 얼마나 남았지?'

심장이 뛰기 시작했다. 기어이 여기까지 왔다는 행복하면서도 두려운 설렘.

그리고 찰나였지만 분명히 떠오른, 막연한 두려움과도 같은 생각 하나 — 만일 되더라도 지선과 끝까지 해나갈 수 있을까?

또 한 번의 기다림이 시작되었다. 시뮬레이션만도 수천 번은 해보았고 그 오랜 기다림 내내 긴장감을 유지하느라 괄약근에 힘이 풀릴 지경이었다. 난 가짜로 보여선 안 되었다. 오로지 진짜가 되어야 했다. 많은 영화인들이 모르면서 아는 척, 심미안을 갖춘 척, 자신만의 세계가 확고한 척하며 정치로 영화를 해대곤 했다. 그들이 할 줄 아는 건 그런 태도를 유지하는 것뿐이었다. 하지만 펜남이 진짜 배우이고 꿰뚫어보는 눈을 가지고 있다면 그런 태도는 씨알도 먹히지 않을

영화로 돌아오다

것이다. 난 오로지 나와 내 분신인 글을 얘기해야 했기에 스스로도 모르는 새 홀쩍 커져 있기를 바랐다. 연륜과 총명함이 섞여 있기를 바랐다. 샌님처럼 보이지 않기를 바랐다. 개발 이야기라도 해서 점수를 따길 바랐다. 이 모든 걸 어서 해치우고 편안해지길 바랐다. 더는 버티지 못하고 심연에 몸을 던져버리는 사람들처럼 말이다.

이제 지선은 내게 고통이었다. 개발과 글쓰기의 간극엔 언제나 그녀가 있었고 난 이 뫼비우스의 띠에 기름이라도 발라 그녀를 떨어뜨리고 싶은 심정이었다. 그녀는 날 두 배로 지치게 했지만 그녀는 그걸 모르거나 모르는 척하고 있었다. 난 그녀와 기다림에 지쳐가고 있었다. 뭘 어떡해야 할지 몰랐다.

가정의 달이 되었다. 혹시 펜남이 날 잊어버린 건 아닌지 불안했지만 그걸 확인하겠답시고 연락할 수는 없는 노릇이었다. 어린 연인들이나 하는 유치한 기 싸움 같았지만 칼자루를 쥔 쪽은 펜남이었고 그가 그걸 원했기에, 결국 기다리는 수밖에 없었다. 배우가 나오지 않는 영화, 애니메이션을 만드는 게 현명한 선택일 거란 생각이 들 정도였으니 말 다한 셈이다. 곧 주변인들마저 조바심을 내기 시작했다. 미친 짓이었다. 만약 또 이런 일이 생긴다면, 그러니까 영화 만든

답시고 꼴값을 떨게 되는 날이 또 오게 된다면 그때엔 모든 촬영편집을 다 끝내고 개봉까지 한 다음에야 주변인들에게 알릴 것이다. 설레발의 끝은 필패뿐이다.

머리도 식힐 겸 극장으로 향했다. 〈매드맥스〉. 정말 끝내주는, 엄청난 동기부여가 되는 그런 영화였다. 꺼뒀던 핸드폰의 전원 버튼을 누르자 지선의 메시지가 와 있었다.

〈*내일 오후 다섯 시 펜남과 술자리*〉

멍했다. 약속 시간 외에도 여러 유의 사항이 쭉 나열돼 있었지만 눈에 들어오지 않았다. 생각나는 건 나와 지선뿐이었다. 이건 다른 누구도 아닌 나를 위한 일이었고 그 순간 내가 기댈 수 있는 이는 피디인 지선뿐이었다. 우린 모든 걸 잊은 채 서로 돕고 의지해야 했다.

너 따위 놈이 영화를 논해?

지선은 약속보다 다섯 시간은 이른 정오에 날 불러냈다. 야행성인 내가 깜빡 잠이 들까 봐 미리 나오게 한 것이다. 커피숍에서 간단히 회의를 한다. 긴장을 풀고 자연스럽게 행동하는 것이 가장 중요하기에 조금이라도 잠을 자둬야 한다는 결론이 나온다. 난 지선의 자가용에서 쪽잠을 잤다. 자고 일어나니 지선이 빵을 내민다. 안주 먹을 틈 따위 없을 것이니 취하지 않기 위해서라도 뭘 좀 먹어두라는 것인데 과연 선견지명이었다. 꾸역꾸역 빵을 넘기고 압구정 어딘가의 일식집으로 이동했다.

독방으로 안내되었다. 고요하면서도 비밀스런 느낌이 그 럴싸하다.

"너도 알겠지만 배우도 사람이니까… 평소처럼 하면 될 거야."

말은 그렇게 하지만 지선 역시 긴장한 기색이 역력하다. 여기저기 연락을 돌리고 있는 그녀를 잠시 바라본다. …대 단하다. 기어이 여기까지 오게 만들다니. 오늘도 내가 버벅 거리면 자진해 구원투수로 등판할 것이다. 여태 그녀를 너 무 모질게 대한 건 아닐까. 아직 이뤄진 건 아무것도 없지만 괜히 감상적인 사람이 되어 이런저런 생각을 이어가 본다.

자리에 앉아있자니 정신이 멍해진다. 그걸 다잡기 위해 머릴 흔들어 본다. 문득 지금 내 모습이 인력사무소를 처음 나가던 그때와 꼭 닮았단 생각이 든다. 시작부터 피곤한 몸 과 가슴 깊은 곳의 긴장감, 영원과도 같은 기다림. 하지만 일 의 경중은 비할 바가 아니다. 그때 밖이 소란스럽더니 문이 열리며 내가 아는 그 사람이 들어온다. 쑥스러운 듯 쭈뼛거 리는 그의 모습이 비현실적이다. 아니, 완벽한 리얼 — 현실 이다. 몽상가를 자처하는 나이지만 오늘만큼은 리얼리스트 가 되어야 한다.

"아, 선배님 만나 뵙게 되어 영광입니다."

"아닙니다. 감독님. 많이 기다리셨죠?"

어쩜 이렇게 배우들은 하나같이 머리가 작은 걸까. 바보처럼 웃는 날 째려보며 지선이 잽싸게 물을 따르고 수저를 챙긴다. 아차 하는 사이 지선의 적절한 멘트가 이어진다.

"호호, 너무 동안이세요. 선배님."

"어휴 아닙니다. 감독님이 훨씬 어려 보이시는데요. 뭐."

개발판에서 귀가 닳게 들었던 '넌 뭐 하는 놈이냐 대학생이냐?'의 사회판 버전. 느낌이 좋다. 이 기회를 꼭 붙잡고 싶다.

지선의 예언대로 세 사람 다 안주엔 입도 대지 않은 채 연거푸 술만 들이켠다. 음식이 너무도 먹음직스러워 보이지만 혹여나 경박해 보일까 싶어 양반 흉내를 내고 앉아있다.

다행인지 아닌지 아직 알 순 없지만 펜남은 술을 잘 마셨다. 그에 반해 난 술이 코로 들어가는지 귀로 들어가는지도 알 수 없었다. 아무 맛도 나지 않았고 한 방에 훅 갈 수도 있기에 조심해야 했지만 뭐랄까, 애주가의 본능 같은 것이 있었다. 그건 '술 좋아하는 사람치고 나쁜 사람은 없다.'라는 너무도 순진한 생각이었다. 미래에 이 생각은 '술 좋아하는 사람 중 절반은 또라이'로 바뀌게 되지만 지금은 미래가 아니었다. 펜남은 좋은 사람처럼 보였고 충무로에 돌던 소문(그의 예민함)을 의식하고 있던 난 조금씩 긴장을 풀 수 있었다.

여러 이야길 나누는 사이 서서히 몸에 열이 끓어오른다. 화제를 바꿀 때가 됐다. 영화, 결국은 영화이다. 이 자리에 없는 세상 모든 영화인들에게 예의를 갖춰가며 얘길 나눈다. 최근 좋았던 작품들과 거기서 주제를 말하는 방식, 과연 세상은 넓고 배울 게 많다는 식의 이야길 나누며 서로의 취향과 시선을 확인해 간다. 필요한 작업이다. 여기서 밑밥을 깔아 놓으면 나중에 뭐든 이야기하기 수월할 것이다. 하나, 나도 펜남도 좀처럼 본문으로 들어가지 않고 있었다(사실 난 답답해 죽을 지경이었지만 어떻게 타이밍을 잡을지 몰랐다). 이러다 그냥 자리가 끝나는 건 아닌가 싶은 순간, 지선이 드디어 치고 들어 온다.

"그런 의미에서 선배님, 저희 글은 어떻게 보셨는지요?"

순간 대반전이 일어났다. 펜남의 얼굴이 일그러진 것이다.

'뭐지…? 우리가 뭘 잘못했나?'

죽음과도 같은 침묵. 담배를 입에 무는 그의 얼굴은 이런 말을 하고 있었다.

'왜 굳이 여기까지 와서 그 얘길 해야 하지?'

그리고 이런 말도.

'당신 때문에 기분 다 잡쳤다. 이건 당신이 시작한 일이고 이젠 나도 어쩔 수 없다.'

좋았던 분위기는 순식간에 사라졌다. 뭔가 뒤틀리고 있었고 난 앞선 내 본능이 틀렸음을 직감했다. 그는 연기에 능숙한 배우 아니던가.

과연 맹렬한 공격이 시작되었다. 그리고 이미 주눅 들어버린 난 순식간에 면접 중인 취준생 꼴이 되어버렸다.

"감독님, 악마가 뭐라고 생각해요?"

나름의 대답을 해본다.

"아…. 진짜로? 악마가 그런 거라고? 어?!"

"어… 그건…."

"그게 왜 하필 한국 산골 마을에 나타난 거지? 세상에 혼란스러운 곳이 얼마나 많은데 악마가 그렇게 한가한가? 왜 당신의 이야기에 나와야 하는 거지? 어째서?"

그건 세상 모든 곳에 있으면서 지금 당신에게 말을 걸 수도 있는 거라고 답하고 싶었다. 하지만 생각을 정리할 시간 따윈 없었다. 조금이라도 머뭇대는 순간 그는 욕지기를 내뱉었고 거기에 당황한 난 그저 쩔쩔매며 눈이나 깜빡일 뿐이었다. 등에 식은땀이 흘렀다. 뭘 얘기하든 핑계를 대는 기분이 들었고 펜남 역시 그렇게 생각하는 것 같았다. 그는 계속해 답을 하기 애매한 것들만 골라 질문을 해댔고 내가 무슨 말을 하든 그걸 부정했다. 그의 대답은 십중팔구 이런 식이었다.

"아…. 그런 거라고? 진짜? 어?!"

대체 이럴 땐 어떻게 반응해야 하는 걸까. 내가 이렇게나 모자란 놈이었던가? 내가 쓴 글 아닌가. 말이 술술 나와도 모자랄 판에 이 조금의 위협에 버벅거리다니, 스스로가 너무도 한심스러워 미칠 지경이었다. 그리고 펜남이 싫었다. 그는 분노의 화신이자 능숙한 살인마, 전기톱을 든 광인이었다. 하지만 난 아직 그와 영화를 찍고 싶었다. 뭐든 보상받고 싶었고 누구든 도와달라고 소리치고 싶었다. 하지만 지선 역시 당황해 꼼짝 못하고 있었다. 그 순간 난 혼자였고 세상은 냉혹했다. 어느 순간엔 이 사람 역시 뭣도 모르는 게 확실하단 생각이 들기도 했다. 그렇다면 중요한 건 결국 말하는 태도, 즉 자신감일 것이다. 어쩌면 그는 나의 자질 여부를 테스트하는 중인지도 모른다. 신인 감독의 영화에 출연했다가 연거푸 고배를 마신 그 아닌가.

"감독님이 생각하는 영화란 어떤 건데요?"

난 잘해보려 했다. 침착하고 진정성 있게 평소 내 생각을

영화로 돌아오다

전달하고자 했다. 하지만 과부하 상태의 뇌는 굴러가지 않았고 난 그나마 어제 본 영화인 〈매드맥스〉를 예로 들며 뭐든 말하려 애써 보았다. 그리고 나도 모르게(하늘도 무심하게) '영화적'이란 표현을 쓰고 말았다.

"영화적?! 뭘 알고나 그런 말을 하는 거야? 그 나이에 입봉도 못한 너 따위 놈이 영화를 논해?!"

손이 떨리고 있었다. 왜 내가 이런 말을 들어야 하는 거지…? 뭐가 뭔지 알 수 없었다. 그냥 주정뱅이 앞에 앉아있는 기분이 들었고 펜남은 이제 아예 다른 부분을 건드려댔다.

"그 머리 스타일 그거, 뭐라 부르지?"

"투블럭이요…."

"솔직히 맘에 안 들어 그 머리. 그냥 얌전하게 자르지 무슨 멋을 낼 거라고…. 옷도 그렇고. 감독지망생이면 골방에서 갓 나온 차림새여야 되는 거 아냐?"

허, 난 그냥 흰 티에 블레이저 하나 걸치고 있을 뿐이었다. 어쩌면 그는 처음부터 내 글이 맘에 들지 않았나 보다. 딱 하나 소재만 맘에 들었던 것인데, 어쩌면 글을 쓴 놈이 괜찮은 놈이라 같이 발전시킬 수도 있지 않을까 하고 나왔다가 기생오라비 같은 놈이 앉아있으니 대실망하여 이렇게 공격해대는 거 아닐까.

겉멋 든 양아치 비슷한 놈이 되어버린 난 모든 할 말을 잃어버렸다. 보다 못한 지선이 끼어들어 어떻게든 화제를 바꾸려 했지만 펜남은 그저 냉소적일 뿐이었다.

"아니 둘이 사귀어? 왜 이리 방어하려 해?"

이제 그는 두 배의 강도로 지선을 공격하기 시작했다. 대체 그녀가 잘못한 게 뭐가 있을까, 우리가 한 팀이란 것? 그녀가 날 도왔듯 나도 그녀를 도와야 했다. 하지만 난 그저 멍하니 바라보기만 했다. 동료가 짓밟히는 걸 바라볼 수밖에 없는 심정은 당해 본 사람만이 알 것이다. 촌극이 따로 없었다. 어디든 멀리 도망치고 싶을 뿐이었다.

무너져가는 멘탈을 간신히 부여잡은 채, 지선이 자리를 정리한다. 폭풍에 휘말려 뼈다귀만 남은 기분이다.

카운터로 향하는 내내 펜남의 공격은 계속되었다. 한계다.

"적당히 하세요."

나도 모르게 튀어나온 말에 펜남이 움찔한다. 아마 그날 처음으로 당황한 순간일 것이다. 하지만 그건 그때뿐이었고 나도 강한 태도를 이어갈 생각을 하지 못했다. 미련하게도 난 이 모든 걸 데뷔를 위해 견뎌내야 할 통과의례처럼 생각했던 것이다. 정말 병신이 따로 없다.

자리를 옮기자 좀 나았다. 꼼장어를 안주로 세상 쓰잘데기없는 이야길 나누는 사이 피로가 엄습해온다. 펜남은 낄낄대며 웃었댔고 난 적당히 맞장구치며 이 모든 게 빨리 끝나기만을 바라고 있었다. 하지만 지선은 아직도 미련이 남았는지 중간중간 영화 얘길 꺼냈고 그때마다 펜남은 비명을 질러댔다. 소리치고 욕을 하다가도 팬이 다가와 사인을 부탁하자마자 고분고분해지는 두 얼굴의 사나이…. 떠받들어지는데 익숙한 이들의 태도란 원래 이런 것일까. 분명 펜남과 함께한 신인 감독들이 있다. 그들은 어떻게 펜남의 마음을 사로잡은 것일까. 나보다 말을 잘했나? 반박할 수 없을 만큼 글이 월등했을까? 그래, 결국 글이겠지.

글…. 글…. 글…. 너무도 피곤하다. 잠이 간절하다.

지선의 차에 기절하듯 드러눕는다. 눈을 떠보니 설렁탕집. 꾸역꾸역 해장 후 또 한 번 지선의 차에 드러눕는다. 다시 눈을 떠보니 생전 처음 보는 어떤 곳. 간신히 택시를 잡고 그날 네 번째로 차에서의 잠을 청한다. 악몽 같은 하루가 끝났음에 안도한다.

공사장 한복판에서 영화를 외치다

취중영화

비틀비틀 집에 들어와 모니터 앞에 앉는다. 잠들기 직전 나만의 시간, 술로 도취 된 감정을 이어가기 위해, 혹은 지친 영혼을 달래기 위해 수십 번도 더 본 영화를 또 클릭한다. 십 초씩 계속 리와인드 하며 절정을 아끼게 되는 장면들. 컷과 컷의 연결 끝에 하나의 거대한 이미지가 창조된다. 그것을 만든 이들은 죽어도 영화는 남는다.

우선 〈시네마 천국〉의 명장면부터 가본다. 평화로운 시 골길을 달리는 자전거 위 사내와 꼬마.

"알프레도, 우리 친구 하면 안 되나요?"

영화는 대사 한 마디로 우리가 서로를 이해할 수 있음을,

세상 모든 게 가능함을 알려준다. 중력을 벗어나 달리는 시네마의 순간과 그 위로 깔리는 엔니오 모리코네의 선율. 내 눈은 벌써 촉촉이 젖어있다.

다음은 〈블레이드 러너〉의 엔딩.

"그 모든 순간들이 곧 사라지겠지. 빗속의 내 눈물처럼."

죽음을 인지한 안드로이드의 마지막 대사. 원수를 용서한 순간, 비둘기 한 마리가 희뿌연 도심 위로 날아오른다. 그는 결국 모두를 구원해냈다. 술기운에 반젤리스의 음악이 유독 비장하게 다가온다.

그리고 〈트레인스포팅〉. 마약과 죽음으로 점철된 청춘들. 정해진 삶을 온몸으로 거부하며 달리던 미래의 오비완 케노비는 바닥을 찍어본 후에야 보통의 삶이 나쁘지 않음을 알게 된다.

"난 이제 당신처럼 살 것이다. 삶과 미래를 선택할 것이다."

순응한 채 살아가는 관객들을 위한 완벽한 대리 체험. 삶의 대안으로서의 영화. 그리고 언더월드의 음악.

영화는 끝없이 이어진다. 밤의 뒷골목을 누비는 근원적 모험, 인간성을 버리지 못한 탓에 죽음을 맞이하는 갱스터, 무덤에서 돌아온 광대, 영원을 꿈꾸는 사람들, 탐정과 형사, 배신과 광기, 몽환, 현실, 음악, 이미지, 읊조림, 뒤틀린 시

공간 속 이상향을 향해 가는 완벽한 판타지. 내게 영화는 판타지….

다른 생각은 없다. 눈물을 닦지도 않는다. 오롯이 혼자서 보고 듣고 느끼는 이 순간 우주 속엔 나만이 존재할 뿐이다. 한참이나 스스로를 확인 후, 마침내 자리에 눕는다.

의욕상실

매캐한 공기와 파열음 속에서 난 멍하니 마대를 벌린 채 서 있었다. 눈을 한번 깜빡였을 뿐인데, 아무런 희망도 없이, 이곳이 원래의 내 자리인 양, 그렇게 철거 현장으로 돌아와 있었다. 한 삽 가득 쓰레기를 퍼 올린, 나와 짝을 이룬 인부 역시 멍한 얼굴이다. 갑자기 그게 보인다. 그의 고뇌는 무엇일까? 뭐가 희망인 척하며 그를 속여 넘겼을까?

"옛날에 금잔디 동산에⋯."

뒤편에서 긍정 씨의 노랫소리가 들린다. 그는 철거 현장이 즐거워 죽겠는지 요 며칠 내내 싱글싱글 웃고 다닌 터였다. 전국을 떠돌며 일한 탓일까, 얼핏 각설이처럼 보이기도 하는 긍정 씨는 내 기분만 평소 같았다면 관찰 대상 영순위가 되었을 것이다. 하지만 지금은 정반대였다. 그의 소란스러운 에너지는 날 피곤하게 만들 뿐이었다. 웃든 노랠 부르든 다 자유지만 제발 눈에 띄지 않는 곳에서 해주길 바랐다. 쉬는 시간에 난 그와 멀찌감치 거릴 두고 밖으로 나섰다.

묵직하게 내려앉은 밤. 다른 인부들과 떨어진 채 난 홀로 퍼질러 앉았다. 그렇다 난 다시 혼자가 되었다. 더 이상 지선의 연락은 없었다. 그녀를 이성으로 받아들일 수 없었던 난 그날 술자리 이후 보란 듯 고갤 돌려버렸고 그렇게 팀은 해체됐다. 그녀는 좋은 사람이었고 우린 함께 발전해나갔고 같은 수모를 겪으며 전우애를 키우기도 했지만 이젠 끝이었다. 난 더는 그녀를 견딜 수 없었다. 훗날 다시 보게 될 수도 있겠지만 그건 첫사랑과 우연히 마주치는 그 정도의 가능성밖에 되지 않을 것이다.

비참함은 쉽게 가시지 않았다. 펜남에게 복수하고 싶었다. 연예기자들을 불러 그의 실체를 폭로하고 싶었다. 그가 출연하는 모든 영화와 드라마가 처절하게 실패하기를 바랐다. 올바른 인성을 가진 이들이 성공하는 세상을 원했다. 이 거대한 속임수에 말려든 나를 저주했다. 그건 치가 떨리는 갑질이었고 그날 난 아무것도 몰랐지만 그가 그렇게 해선 안 된다는 것만은 알고 있었다. 사람이 사람을 그렇게 대해선 안 된다. 물론 내가 모자라 일어난 일이다. 공부가 덜 됐음을, 어설픈 직관만으로 글을 쓰면 안 된다는 것을 뼈저리게 느꼈다. 그는 내가 모시고 싶은 배우였지만 그에게 난 그의 귀한 시간을 빼앗는 신출내기 초짜 감독지망생일 뿐이었다. 하지만 그 모든 폭언과 무례함을 억지로 버텨낸 후 집으로 돌아가기 직전, 이제 막 도착한 대리운전기사를 대하는 그의 태도를 본 순간에야 깨달았다. 그는 그냥 무뢰한일 뿐임을. 그는 손아래의 사람을 괴롭히며 자신의 지위를 만끽하는 그런 류의 사람이었던 것이다. 좀 더 일찍 알았더라면 싸우기라도 했을 텐데. 그러면 영패만은 면했을 것이다. 하지만 그러지 못했다. 난 무력했고 지선은 그런 날 보호하려다 그의 칼을 대신 맞을 수밖에 없었다. 그가 우릴 그렇게 만들었기에 우린 눈 뜨고 코를 베이는 멍청한 파트너가 되어버렸고 그건 치욕 그 자체였다.

'그 나이에 입봉도 못한 너 따위 놈이 영화를 논해?!'

'너흰 가짜야!'

그 모욕적인 말들이 아직 귓가에 맴도는 듯하다. 난 얼마간 비틀거렸고 지선은 나 이상으로 충격을 받은 듯했다. 그

공사장 한복판에서 영화를 외치다

다음은 보는 바와 같다. 지선과 나는 각자의 길을 가게 되었다.

부족한 공부를 시작하긴 했지만 곧 멈출 거란 걸 알고 있었다. 난 동력을 상실한 상태였다. 모든 게 백지로 돌아간 듯했고 그 모든 상황, 느낌, 감정들이 어쩜 이렇게 '하루아침 만에' 뒤바뀔 수 있는지 의문이었다. 큰 기대에 따른 더 큰 실망. 가짜 복권을 손에 들고 좋아한 꼴이라니.

젠장, 이게 다 무슨 소용인가? 한번 넘어진 것뿐이고 다시 일어서면 되는 일이었다. 옆에서 글을 봐줄 사람이 없다는 것 외엔 바뀐 게 없다. 하던 일을 멈추면 안 된다. 이런 실패를 수십 번은 더 겪어야 내가 원하는 자리에 닿을 수 있을 것이다.

하지만 억지 주입은 아무런 소용도 없었다. 비참한 건 비참한 것이다. 이미 내 자존감은 바닥을 치고 있었다.

"아… 즐거운 하루가 또 가는구나."

기어이 긍정 씨가 내 심기를 건드리고 만다. 악의로 가득했던 난 자세를 고쳐 잡고 펜남이 날 평가한 것처럼 긍정 씨의 말을 평가해보기로 했다. 내 마음을 읽기라도 한 듯 그가 연이어 말하는 게 들린다.

영화로 돌아오다

"사람은 일할 때가 가장 즐거운 거야."

일할 때가 가장 즐겁다라. 어쩌면 그는 긴 실직 상태에서 벗어나 간신히 개발계에 안착한 것일지도 모른다. 가난에 고통받은 적이 있다면 일을 하는 것만큼 행복한 건 없을 것이기에, 긍정 씨의 말은 타당한 부분이 있다. 하지만 진짜 그럴까? 말이 좋아 개발이지 모든 이가 노가다라 부르는 이 일이 자아실현과 조금이라도 관계가 있을까? 우린 지금 만물이 잠든 시간에 먼지를 먹어가며 일하고 있다. 세상을 거꾸로 살고 있다. 거기다 개발인들 대부분이 하루살이 인생을 살아간다. 솔직히 즐거운가? 너무 힘들어 시간이 빨리 흐르길 바랄 뿐인, 하루하루 견뎌내기 급급한 이 삶을, 대다수가 그렇게 버티고 있기에 그들을 모욕해선 안 되기에 그냥 똑같이 견뎌야만 하는 것인가? 비루한 내 기준으로 당장의 주변인들을 평가 못 할 이유가 도대체 뭔가.

"들어갑시다."

모두들 비칠대며 일어나 현장으로 향한다. 난 그들의 뒷모습을 바라보다 마지막에야 일어났다. 스스로를 발전시키는 일이라고, 그래서 개발이라고 세뇌해 왔지만 이번만큼은 그렇지 않다. 지금의 난 하층 노동자 그 이상 그 이하도 아니었다.

일하는 내내 멍했고 욕도 몇 번 먹었다. 더 혼잡한 현장이었다면 필시 어디 한군데는 다쳤을 것이다. 하지만 난 마음을 다친 상태였다. 그 미친 하루는 내 신변에 일어난 큰일이 맞았고 그걸 인정해야만 했다. 그래야 다음으로 넘어갈 수 있었다. 하지만 난 그 큰일을 아무렇지 않은 척 넘기고 싶었고 스스로의 나약함을 미워하며 상처를 더 곪게 만들고 있었다.

기다란 고철을 한데 모아 전선으로 묶는 일을 하고 있었다. 요령을 몰랐기에 아무리 묶어도 느슨했다. 이 조그만 일 하나 내 뜻대로 되지 않는구나. 짜증이 난다기보단 무기력한 느낌이었다. 내가 왜 여기 쪼그려 앉아 이러고 있어야 하는가.

"저기 반장님."

긍정 씨다. 어느새 그가 내 곁에 다가와 있었다.

"그건 이렇게⋯."

시범을 보이는 긍정 씨. 상대를 배려해 지극히 조심스러운 자세를 취하고 있다. 누구와는 백팔십도 다른 모습이다. 곧 나는 요령을 알게 되었고 감사의 표시로 고갤 꾸벅해 보였다. 그는 사람 좋은 웃음을 지어 보인 후 내게서 멀어져 갔다.

멀리 동이 터온다. 일을 마무리하고 나오자 긍정 씨가 또 한마디 한다.

"아…. 즐거운 아침이 시작되는구나."

만물이 생기를 띄자 울적한 기분이 조금은 나아졌다. 하지만 근본이 바뀐 건 아니었다. 짊어진 무게는 여전히 거기 존재했다. 하지만 쉬는 시간의 생각, 그것만은 정정해야 했다. 내가 뭐라고 여기 인부들의 삶까지 판단하려 했을까. 뭘 하든 저렇게 웃을 수 있다는 건 좋은 일이다. 다른 모두가 그러하듯 그도 그 나름대로 살아갈 뿐이다.

사무소로 향하는 버스 창가에서 생각에 잠긴다. 일당을 받으면 해장국부터 먹어야겠다. 그게 최우선이다. 그다음엔 한숨 푹 자야겠지. 그리고….

할 게 없었고 할 수 있는 일도 없었다. 집중력이 필요한 일은 조금도 할 수 없었다. 그건 불가능했다. 그렇게 지선에게서 떨어지고 싶었고 또 그렇게 됐지만 남은 건 동력이 사라졌다는 사실 하나뿐이었다. 우스웠다. 때론 참아야 하는 것도 있는 법이다. 어쩌면 적당히 달래가며 끝까지 가야 했을지도 모른다. 그게 사회생활이니까. 하지만 난 모든 일을 내 기분대로 처리해버렸고 그건 내 어리석음 혹은 올곧음이었다.

그냥 눈을 감았다. 피곤할 따름이었다. 버스는 일출에 일렁이는 다리를 건너고 있었지만 그건 전환점이 아닌 원래의 자리로 돌아가는 길일뿐이었다.

'개발이나 하자.'

그렇게 난 개발의 늪에 빠지게 되었고 평소 혀를 차며 보던 이들을 조금씩 닮아가고 있었다.

개발로 도피하다

철거 전문 크루

노트북을 펼쳤다. 순식간에 네 시간이 지났고 내 눈은 여전히 유튜브 창에 고정되어 있었다. 한글오피스는 클릭조차 하지 않았다. 따끔거리는 눈을 비비다 노트북을 덮고 자리에 누웠다. 곧 잠이 들었다. 다음 날에 다시 시도해보았다. 마찬가지 결과가 나왔다. 다음 날도, 그다음 날도, 또 그다음 날도 마찬가지였다. 마지막으로 노트북을 덮었다. 온몸의 세포가 글쓰기를 거부하고 있음이 확실해졌다. 몸이 거부하는 걸 억지로 할 수는 없는 노릇이다. 거기다 이건 몸에 해로운 일이기도 했다. 사내놈이 종일 노트북 앞에 앉아 뭐 하는 짓인가? 구부정한 자세에 척추는 뒤틀리고 블루라이트인지 뭔지에 눈마저 나빠지며 운동 부족으로 올챙이배가 돼가는 사이 하체는 점점 부실해져 간다. 이럴 바엔 개발이라도 나가는 게 나았다. 그건 머리를 식히며 운동도 하고 돈도 버는 일석삼조의 선택이 될 수 있었다. 명분이 생긴 이상 망설일 필요가 없었다. 난 다시 개발에 몸을 던졌다.

그동안 난 글 쓸 체력을 비축하기 위해 개발을 나흘 이상 연속으로 나가진 않았었다. 의도적으로 끊었더랬다. 하지만 이젠 시간이 넘쳤고 난 내 모든 증오를 삽자루에 담길 원했다. 다 때려 부수길 원했다. 쉬지 않고 며칠이나 일할 수 있는지 시험해보고 싶었다. 기회가 오길 기다렸고 곧 그놈이 다가와 안겼다. 젠장, 이런 차선책의 기회는 너무나 쉽게 생기고 또 사라진다.

이번 전장은 야간 개발의 성지, 잠실 롯데백화점이었다. 무리를 이뤄 다니는 텃세 강한 참일꾼들과 함께하게 되었다. 오가며 종종 보긴 했지만 같이 일을 하는 건 처음이었고 당연히 이름도 알지 못했다. 하루걸러 사람이 바뀌는 이런 곳에선 상대의 이름을 익히겠다고 마음먹지 않는 이상 영원히 서로가 이방인일 뿐이다. 개발계에선 그 이방인을 '반장님'이라 부른다. 그 호칭을 떼는 데 나흘 정도가 걸렸다. 그나

개발로 도피하다

마 붙임성 좋은 반장님이 내 이름을 물어보았고 곧 하나둘씩 날 원숭이로 부르기 시작했다. 나도 곧 그들의 이름을 알게 되었고 그렇게 관계란 게 생겼다. 혼자서 야경을 즐기던 때와는 사뭇 다른, 사회생활과도 같은 개발이 시작되었다. 다시 시작이었다. 다시 새롭고 징그럽고 힘들며 느끼는 그 모든 것들의 반복.

철거는 언제나 트럭 짐칸의 장비를 꺼내는 것에서부터 시작된다. 거의 곧바로 문제가 생긴다. 매번 옮겨야 할 짐보다 훨씬 많은 수의 인부들이 복닥대며 필요 없는 소모전을 벌이는 것이다. 이등병처럼 오버하는 이들이 있는가 하면 흐느적대며 망치 하나 들지 않는 이들도 있다. 그리고 업체 팀장들은 이 다양성을 참지 못한다(팀장 중 열에 여덟은 분노 조절에 문제가 있다. 나라도 그렇게 될 것이다). 그들은 손발이 맞는 중수 이상의 인부들과 쭉 함께하기를 원하지만 이 바닥은 그렇게 굴러가지 않는다. 누가 언제 나오고 안 나올지 어떻게 알 수 있겠는가. 술 마시고 안 나오고, 글 쓴답시고 안 나오고, 제발 나오지 말라는 이는 죽어라 나오고 등등 팀장의 고초는 이루 말할 수 없다. 그런 면에서 여기 현장의 멤버들은 베스트이다. 이들은 아예 크루를 결성해버렸다. 주간 일은 절대로 하지 않는 야간 철거 전문 크루. 브레인, 기술자, 탱커 등등 구성도 완벽하다. 이들에겐 따로 작업지시를 내릴 필요도 없다. 리더가 각각의 포지션에 적임자를 배치하면 다들 알아서 퇴근 시간까지 일을 해나간다. 이들은 손발이 척척인 건 물론이거니와 특별한 이유가 없는 한 일을 빠지지도 않는다. 거기다 일에 익숙하지 못한 이방인이 무리에 끼어들면 소장에게 얘기해 다음 날 바로 다른 이로 교체해버린다. 전문적인 동시에 배타적인, 마치 용병군단과도 같은 모습이었다. 난 순전히 젊다는 이유로, 발전할 가능성이 있다는 이유로 이들 무리에 속할 수 있었다. 나쁘지 않았다.

언제나 문제는 간극에 있다. 일의 준비 단계에서의 어색함, 다음 단계로 넘어갈 때의 붕 뜬 시간 등 사이의 틈에서 많은 초보들이 힘들어한다. 할 일을 찾지 못하기 때문이다. 하지만 그때야말로 주월 둘러볼 수 있는 시간이다. 그 순간 아무렇지 않게 쉴 수 있다면 그때가 바로 일에 익숙해졌다는 증거, 자신에 가득 찬 순간이다. 난 이들과 함께하며 비로소 그 경지에 이를 수 있었다. 순식간에 성장했다. 난 거리두기를 즐기던 몽상가에서 널따란 어깨의 참일꾼으로 변해가고 있었다. 이 일로도 먹고살 수 있겠다는 얄궂은 자존감. 혹은 안도감.

개발로 도피하다

뭐가 어쨌든 이게 지금 나의 쇼라면 그건 계속되어야 했다. 난 계속해나갔다.

한바탕 일이 끝나고 나면 매번 술판이 벌어졌다. 낮술도 아닌 아침술, 그것도 새벽에 가까운 시간이었다. 노가다의 정신 품빠이는 언제나 유효했고 두 당 만원에 뻑질나게 차려진 술자리를 마다하는 건 죄악이나 마찬가지였다.

어떤 직종에 있든 자기가 속한 곳을 절대 말하지 않는 이가 있는가 하면 그 반대인 경우도 있다. 개발맨들은 후자에 속했고 술자리에선 철거 얘기가 끊이질 않았다. 파괴와 그걸 이행하는 기술에 대한 이야기. 듣고 있는 것만으로도 먼지를 먹는 기분이 들어 코가 따끔거리곤 했다. 너무도 많은 이들이 육체의 고단함을 말로 풀려 했다. 할리우드 배우 제임스 우즈를 똑 닮았던 인부가 기억난다. 날카로운 눈에 호탕한 품새마저 갱스터 같았던 그는 외양과 달리 엄청 수다스러운 양반이었다. 지하철에서 한참을 떠들던 그는 갑자기 쑥스러워졌는지 개발을 할수록 말이 많아진다며 멋쩍게 웃었더랬다. 그의 마지막 말은 이랬다.

"나도 예전엔 너처럼 여자같이 말도 안 하고 조용히 지냈어."

공사장 한복판에서 영화를 외치다

하하, 고단함이야 이해하지만 다들 너무도 옛날 사람이었다. 개념 자체가 달랐다. 그렇기에 철거 얘기가 끝나고 나면 정말 턱없는 얘기가 나오곤 했다. 나로선 정신이 혼미해지는 시간이었다. 겨울 외투를 놓고 잠바와 덮바 중 뭐가 맞는 말인지 다투던 두 인부가 있었는데 내가 볼 땐 둘 다 틀린 표현이었다. 잠바는 점퍼의 콩글리시 발음, 덮바는 어원마저 까마득한 옛날식 표현이라고 아무리 얘기해봐야 소용없었다. 답도 없는 논쟁을 하느라 탕수육 하나에 소주를 몇 병이나 깠는지 모른다. 천장에 도르래를 설치 후 밧줄 한쪽을 팔뚝에 묶고 용두질을 하면 정말인지 끝내준다고 말하는 이도 있었다. 엄청난 반동에 팔의 감각이 없어져 다른 이의 손처럼 느껴진다는 게 그의 요지였는데 별로 웃기지도 않은 이 농담을 그는 꽤 진지하게 생각하는 듯했다. 사실 좀 위험했다. 천장에 뭔가를 매다는 건 그에게 일도 아닐 테니 말이다. 어쩌면 벌써….

영화인들과의 술자리와는 정반대의 분위기였지만 어쨌든 유쾌했다. 젠체하는 이가 없었기에 오히려 나은 면도 있었다. 물론 소모적인 자리였지만 어쩔 수 없었다. 노가다꾼에게 달리 즐길 거리가 또 뭐가 있겠나. 난 캬… 소릴 내가며 매일 아침 소주를 들이켰다. 축 처진 어깨로 출근하는 이들

개발로 도피하다

을 보며 먼저 매를 맞은 아이마냥 우쭐해 하곤 했다. 통장에 돈이 꽂힌 상태에서 술에 취하면 세상도 나도 좀 더 나아 보이는 법이다. 거기다 개발은 일당제이니 매일 그 기분을 느낄 수 있다. 아침부터 땀 냄새를 풍기며 노가다 얘길 떠들어 대는 우릴 좋아하는 이는 아무도 없었지만 그 순간만큼은 우리에게도 세상이 아름다웠기에 우린 멈출 수 없었다. 나라는 젊은 피가 수혈됐기에 이 흥은 한동안 지속되었다. 하지만 뭐든 영원할 순 없는 법이다. 진짜 자신을 직시하는 순간은 오고야 만다.

시간은 귀신처럼 흘러 쓸쓸한 겨울날. 무리의 리더 일곤, 그와 유난히 자주 다투던 근석. 이 둘과 함께 난 인천공항에서 일을 하게 되었다. 면세점의 폐기물을 정리하는 간단한 일이었고 우리 셋은 각자가 일당백이었다. 최대한 빨리 끝내고 한잔하자는 결의가 맺어졌다. 과연 두 시간도 안 되어 일이 마무리됐다. 낭비할 시간 따윈 없었다. 할증이 붙기 전에 택시를 잡아야 했다. 우린 현금을 긁어모았고 대략 세 번만에 인심 좋은 기사를 만날 수 있었다. 택시는 곧장 한양으로 향했다.

묘하게 감상적인 날이었다. 일곤과 근석이 떠드는 사이

눈이 내리기 시작했고 고요와 소란 사이에서 난 실로 오랜만에 몽상에 빠져들 수 있었다. 가만히 창밖을 바라본다. 모든 게 죽어있었다. 이 시간에 왜 그런 곳을 걷고 있는지 알 수 없는 이들이 우릴 스쳐 지나갔다. 그들은 곧 나였다. 난 이제 완연한…

"원숭아, 눈도 오는데 안주는 뜨끈한 국물로 가자."

내 몽상은 순식간에 깨져버렸다. 첫차를 기다리며 책이나 봤으면 좋았을 텐데 굳이 이렇게 무리해 가며 술을 마시러 가다니. 아이러니하게도 그런 생각을 하자 술이 너무도 고팠다. 그건 곧 이룰 수 있는 욕망이자 도피였다.

24시간 김치찌갯집으로 향했다. 자리가 없었다. 우린 어쩔 수 없이 본점을 어설프게 벤치마킹한 건너편 찌갯집으로 향했다. 자릴 옮기는 사이 일곤이 한마디 한다.

"그래 우리에겐 짝퉁 B급이 어울리지 뭐."

텅 빈 가게. 사장이 힘없이 우릴 반긴다. 난롯가에 자릴 잡고 술과 찌개를 시킨다. 넣을 수 있는 사리는 모조리 다 넣고 계란말이까지 추가한다. 꼴꼴꼴 잔을 따르고 쭉 들이켠다. 몸이 녹으며 곧장 나른해진다. 난 그다지 할 말이 없었고 일곤과 근석은 고맙게도 날 신경 쓰지 않았다. 둘은 계속 티격태격하고 있었다.

개발로 도피하다

"형은 그래서 문제야."

"내가 뭐?

"사람이 머릴 써야지. 무식하게 힘만 쓰고 그게 뭐 하는 짓이냐고."

일곤은 자기보다 열 살은 더 많은 근석을 가르치려 들고 있었다. 난 가만히 듣기만 했다.

"날 보고 배워. 일은 더 쉽게 하면서 돈은 더 받고. 왜 그게 안 돼?"

"너나 계속 그렇게 해라 얍삽한 놈아."

"그래서 형이 기공이 못 되는 거야…. 그래 오늘은 기공인 내가 쏜다! 많이 먹어 조공 형."

"지랄하고 있네. 노가다가 똑같은 노가다지. 뭐 대단한 일한다고…."

그리 긴 시간은 아니었지만 완연한 침묵을 느낄 수 있었다. 우린 각자 술을 들이켰고 쓸데없는 얘기나 지껄이다 자리를 마무리했다.

비틀비틀 집으로 향했다. 길이 미끄럽지만 주머니에서 손을 빼야겠단 생각은 들지 않는다. 젠장 넘어지든가 말든가. 엄지를 꼼지락대자 까칠한 굳은살이 느껴진다. 어디 그뿐이겠는가. 울룩불룩한 손등의 핏줄, 언제 생긴 건지 알 수 없는 몸 곳곳의 피딱지, 운동이 아닌 노동으로 벌어진 어깨. 그렇다. 난 이제 완연한 노가다꾼이었다.

잠시 자리에 서서 근석의 계좌로 오천 원을 보냈다. 현금이 모자라 택시비를 덜 냈던 것이다. 곧장 근석에게서 전화가 온다.

"원승아 너 내일도 나올 거냐?"

"아뇨. 쉬려고요."

"그러지 말고 나와. 형이 소장한테 얘기해 놓을게. 너도 알겠지만 겨울엔 일이 얼마 없어. 있을 때 바짝 해야 돼."

이 까칠한 양반이 날 챙기려 한다.

"그건 아는데 내일 동창회가 있어서요."

"아, 그건 중요하지…. 그럼 잘 갔다 오고, 다음에 보자."

"네. 쉬세요."

"그래 택시비 부쳐줘서 고마워."

어느새 눈이 그쳤다. 참 빌어먹게도 세상엔 모든 것이 공존하고 있었다.

앞을 가린 먼지

반년이 지나는 사이 일의 시작과 끝을 반복적으로 볼 수 있었다. 철거는 언제나 트럭의 장비를 꺼내는 것에서부터 시작해 다시 트럭에 장비를 싣는 것으로 마무리되었다. 이건 클래식한 영화의 시작, 끝과도 같다. 입에 피를 물고 죽어가는 주인공에서부터 시작해 그가 어떻게 여기에 이르렀는지 그 과정을 쭉 보여준 후 다시 처음으로 돌아와 그의 죽음으로 영화를 마무리하는 식 말이다. 모든 건 하나의 여정이다. 시작과 끝은 이어져 있다. 개발도 영화도 삶도 언제나 출발했던 곳으로 되돌아온다. 그 뒤엔 남은 자들이 채워 넣을 텅 빈 공간만이 있을 뿐이다.

하지만 탄생과 죽음이라는 테두리, 그 액자 안의 시작과 끝은 스스로 정할 수 있지 않을까. 비틀 수 있지 않을까. 어쩌면 난 분기점에 서 있는 건지도 모른다. 분명 영화에서 시작해 개발로 넘어온 거라 생각하고 있었다. 하지만 시간이 흐른 지금은 개발이 시작이었던 것 같기도 하다. 앞이 보이질 않았고 끝에 뭐가 있는지 조금도 알 수 없었다. 하지만 모르기 때문에 가능성이 있었다. 아직 내겐 가능성이 있었고 난 그걸 알고 있었다. 난 알고 있었다.

반대로 이 모든 건 자기기만일 수도 있다. 막연한 희망 속에 모든 걸 내일로 미루는 행위. 실제로 난 가끔 뭔가 깨달았다는 자위, 혹은 착각 속에서 시간이나 죽이고 있을 뿐이잖은가. 철거를 하면 할수록 난 부서져 갔다. 분명 나와 주변의 다른 것들까지 알고 있다고 생각했는데 어느 순간 돌아보니 먼지에 가려 아무것도 보이지 않았다.

난 나라는 첨탑에 뚫린 두 구멍으로 바깥세상을 내다본다. 끝없이 움직이면서 하는 생각이라곤 생각을 멈춰서는 안된다는 생각뿐이다. (왜냐고?) 자신을 지키기 위해서. 아무런 해설도 없는 답지의 공허한 답안.

곧 다른 샛길을 발견하게 될지도 모른다. 아마도, 어쩌면, 혹은. 그게 지금은 아닐지라도.

개발로 도피하다

지리멸렬. 그건 바로 나

시간은 쭉쭉 흘렀다. 누군가 저편에서 그물 당기듯 쭉쭉 끌어당기는 거 같았다. 전엔 보이지 않던 것들이 보이기 시작했고 그건 대체로 지리멸렬했다. 매일 사람이 바뀌던 주간 시절엔 다소 피상적이긴 했지만 여러 인부들의 바깥 화면을 상상할 여지가 있었다. 그건 내게 꽤 재미난 일이었다. 하지만 멤버가 바뀔 일 없는 여기 야간현장에선 개인의 비루함이 너무도 낱낱이 드러났다. 사소한 일에 인간의 본성이 드러날 때면 차라리 고갤 돌리고 싶은 심정이었다. 이건 저 높은 곳에서부터 파생된 나비효과이다. 그게 점점 아래로, 밑으로, 바닥으로 내려와 여기 삽자루를 쥔 인부에게 영향력을 발하는 것이다. 인부는 자기가 손해를 본다고 생각하고 있고 실제로 그렇기도 하다. 그는 희생자이다. 침 뱉고 자릴 떠난 후 가족을 쫄쫄 굶기는 것 외에는 다른 방법도 없다.

거꾸로 되짚어보자. 최초에 어떤 이가 상가 하나를 철거하기로 마음먹었다. 그건 제법 돈이 드는 일이기에 그는 여러 철거업체 중 가격이 제일 저렴한 곳을 고르게 된다. 일을 따낸 철거업체는 후려친 가격을 메꾸기 위해 다시 한번 가격을 후려친다. 실제로 철거를 하기로 한 하청업체는 이때쯤 벌써 말도 안 되는 가격으로 일을 떠맡게 된다. 손해 보는 장사를 할 순 없는 법, 하청업체들도 뭔가를 후려쳐야 한다. 우선 그들은 인부들의 임금을 낮춘다. 당연히 지급해야 하는 소모품(목장갑, 마스크 등) 역시 인부들이 준비해야 할 품목으로 떠넘긴다. 마지막으로 이들은 최소 보름은 걸릴 일을 열흘 안에 끝내기 위해 인부들의 쉬는 시간을 줄이거나 거의 없는 수준으로 만들어버린다. 이게 일이 돌아가는 방식이다. 이 미친 곳에서 제정신인 인부가 있다면 존경받아 마땅할 것이다.

잘못된 게 있는가? 아마 없을 것이다. 자신의 쓸개를 내어줄 성인이 흔한 건 아니니까. 일의 시작점, 첫 단추를 끼운 최초의 어떤 이를 탓할 순 없다. 그는 다른 모든 이들처

개발로 도피하다

럼 적당히 무심할 뿐 나쁜 사람은 아닐 테니까. 눈에 보이지 않는 것까지 그가 신경 쓸 이유는 없다. 그건 그와는 무관한 일, 사회적 문제일 뿐이다. 경쟁이 심하다는 것. 그것 하나가 문제라면 문제일 것이다. 그리고 가장 밑바닥의 인부들에겐 떠넘기고 착취할 대상이 없다는 것, 그것이 두 번째 문제이다. 노동자들의 연대감 같은 건 환상에 불과했다. 이들은 손해를 덜 보기 위해, 노동력을 아끼기 위해, 조금이라도 편한 포지션을 잡기 위해 매일 정치질을 하고 악다구니를 썼다. 아무리 부당한 일을 당해도 윗사람에겐 찍소리도 못한 채 자기들끼리 지지고 볶아댔다. 순간의 분노에 일자리를 잃을 순 없기 때문이다. 이제 이들이 할 수 있는 건 하나밖에 남지 않았다. 우린 이미 그 답을 알고 있다. 진탕 마시고 취하는 것. 결국 그것뿐이다. 이 가련한 노동자들은 술에 취해 자신을 괴롭히는 세상 모든 것들을 저주하다가 그래도 풀리지 않는 분을 풀기 위해 이 모든 일과 아무 상관도 없는 옆자리 손님과 싸움을 벌이게 될 것이다. 이거야말로 완벽한 낙수효과 아니겠는가. 사람들이 손해를 보는 게 아닌, 조금 덜 가지는 걸 허용치 않아 생긴 현상이란 점에선 블랙코미디에 빗댈 수도 있겠다.

나 역시 맹렬한 분노에 사로잡히곤 했다. 초심 따윈 사라지고 없었다. 편한 포지션을 잡지 못해 분노했고 요령을 피우면서도 나와 같은 임금을 받아 가는 이에게 분노했으며 매번 뒤치다꺼리를 해줘야 하는 초보들에게 분노했다. 목장갑을 꺼내 썼다는 이유로 나를 도둑 취급한 팀장에겐 살의를 느꼈으며 밥값을 아낀답시고 쉰 김밥에 우유 하나를 내놓는 그의 와이프에겐 그걸 실제로 옮기고 싶을 정도였다. 하지만 최악은 따로 있었다. 예를 들면 이런 것이다.

- 어느 날 쉬는 시간에 난 석현의 넋두리를 들어주고 있었다. 그는 자신이 노가다꾼인 걸 여자친구에게 숨기고 있었는데 매일 하나씩 생기는 피딱지를 들킬 때마다 난감하다고 했다. 가난처럼 숨길 수 없는 이 개발의 흔적을 그는 끝끝내 숨기려 한 것이다. 이 연인에겐 믿음이 부족했지만 차마 그 말을 할 순 없었다. 난 그냥 함구하는 쪽을 택했다. 하나, 가만히 듣고 있던 봉석이 한마디하고 만다.

"진짜 병신 같은 놈이네. 노가다하는 게 부끄럽냐, 어?"

이게 도화선이 되었다. 둘은 곧 며칠 전 노래방 도우미의 계산이 잘못됐다며 언성을 높이기 시작했다. 빌어먹을 정도로 졸렬한 싸움이었다. 바로 옆의 일곤은 말릴 생각은 없이 비실비실 웃고만 있다. 그는 자신이 다른 개발맨들과 다르다는 걸 보여주기 위해 평소 스포츠카를 몰고 다녔다.

　- 이 쓰리샷은 내게 역겨웠다. 의리 따윈 없었고 계급만이 존재했다. 이런 바닥을 봐야만 한다는 것, 나 역시 거기 속해 있다는 것이 날 못 견디게 했다. 하지만 진짜 최악은 내가 이런 반응을 보인다는 것 자체였다. 난 여전히 날 내려놓지 못한 채 주월 의식했으며 (쓰지도 않는)글을 지향한다는 그 조그만 우월감에 나와 같은 이들을 비웃고 있었던 것이다. 지리멸렬한 건 바로 나 자신이었다.

　난 달아났다. 개발로 도망쳐 온 후 거기서 또 달아나는 두 번째 도망이었다. 지금 내가 하고 싶은 건 이름 모를 섬에서 가재 요리를 먹는 것, 생판 처음 보는 여자와 밤을 보내는 것, 우주에 올라가 시를 쓰는 것이었지만 그렇게 할 순 없었다. 삶이란 매 순간 욕망에 위배 되는 것이었고 이런 부조리 속에선 술이나 마시는 게 가장 편하고 빠른 선택이었다. 그나마 가질 수 있는 걸 가지고 소비하며 그게 내가 원하던 거라고 스스로를 속였다. 미래 따윈 없었다. 버는 족족 다 써버렸다. 매일 똥술을 마시고 옷을 사재끼는 사이 눈은 흐리멍덩해져 갔으며 옷장엔 입지도 않는 옷이 쌓여갔다. 선택하라, 어리석고 길 잃은 양들을 가둬놓은 보이지 않는 울타리에 스스로 들어가는 것을 선택하라.

물론 또 다른 선택이 있었다. 바로 글을 쓰는 것이다. 느끼고 상상한 바를 글로 옮기는 것. 그때의 감정과 지금의 감상을 합쳐 새로운 뭔가를 만들어내며 내 삶에 의미를 부여하는 것. 그것만이 날 구원할 것임을 난 알고 있었다. 하지만 인식과 실천은 완전히 다른 문제였으며 이미 굳어버린 몸은 좀처럼 풀릴 생각을 하지 않았다. 이제 글은 내게 가장 큰 고통이었다. 새로운 건 아예 쓸 수 없었고 써봐야 보여줄 이도 없었다. 남은 건 공모전뿐이었다. 난 요행을 바라며 예전 글을 공모전에 던져보곤 했지만 그건 가뜩이나 거지 같은 일상에 실망을 추가하는 것밖엔 되지 않았다. 이게 진짜 벽 위쪽의 벌레가 내려오길 기다리는 그런 거라면 대체 언제까지 기다려야 하는 걸까? 길 잃은 나의 분노는 세상을 향하기 시작했다. 재능이 없음을, 운이 없음을, 세상이 알아봐 주지 않음을 원망하고 저주했다.

'난 여전히 나이고 잘못되지 않았다.'

'내가 잘못된 게 아니라 날 이해 못하는 너희가 잘못된 것이다.'

자신을 향하지 못한 채 엉뚱한 곳을 타격하고 마는 분노의 역학.

개발로 도피하다

변하지 않고 그 자리에 있는 것들. 어느 날 그게 뒤틀려 보이는 건 왜일까? 이제야 제 모습을 보이는 것일까 내가 변해버린 것일까. 내가 변한 거라면 주변에 동화돼 기운을 잃어버린 탓일까 그냥 제 뿔에 무너져버린 것일까. 무너지는 저 벽이 흔들리는 건가 오싹함에 내가 떨고 있는 건가. 세상은 내 기분이 투영된 반사광에 불과한 것일까 고유의 성질을 가지고 있는 그 무엇일까. 아예 바닥을 찍어보았다면 상황이 조금은 나았을까? 다시 올라갈 일만 남았을 테니까? 불현듯 데자뷔처럼 머릴 스치는 생각 하나 — 나는 왜 고통을 자처하고 있는가? 여전히 난 그 물음에 답할 수 없었다.

공사장 한복판에서 영화를 외치다

거리의 시인

친구 놈에게 연락이 왔다. 놈은 다짜고짜 공모전 하나를 들이밀며 도전해보라고 소란을 피워댔다. 드러누운 날 대신해 이놈이 움직이고 있는 것이다. 오래되고 좋은 놈, 진정한 벗이 내게 있었다. 하지만 내키지 않았다. 계속 누워있고 싶었다. 난 대충 고맙다고 말한 뒤 전화를 끊었다.

무슨 충동이었는지 생전 보지도 않던 우편함을 뒤져보았다. 각종 고지서 사이 빨간색 도장 글귀 하나가 눈에 확 들어온다.

'최후 통보. 재산압류 통지.'

개발로 도피하다

그건 의료보험금 및 연금이 몇백만 원이나 연체됐다며 기한 내 납부하지 않을 시 내 개인재산을 압류해 간다는 내용이었다. 담당 공단에 문의했더니 빨리 납부하란 말뿐이다. 전화를 끊고 드러누웠다. 심장이 쿵쿵 뛰고 있었다. 대체 이게 무슨 일인가? 보험금 같은 게 밀리고 있단 건 꿈에도 몰랐다. 현실이 다가왔다. 난 한 푼도 없었다. 버는 족족 써버리는 일당제의 함정에 빠진 지 오래였다. 졸지에 빚쟁이가 된 난 개발로 빚을 청산하는 데 얼마나 걸릴지 계산해보았다. 지금껏 해온 만큼이나 일을 더 해야 했다. 세상이 무너지는 듯했다. 이렇게까지 일을 방치해 온 스스로의 멍청함을 용서할 수 없었다.

하루가 지나고 뭔가 이상하단 생각이 들었다. 조사에 착수한 후 다시 공단에 전화해 이것저것 물어보았다. 밀린 게 확실하니 빨리 납부하란다. 전화를 끊고 좀 더 알아보았다. 그리고 또 한 번 전화를 걸어 깐깐하게 따지고 들어갔다. 나도 모르는 새 목소리가 커져 있었다. 날 응대하던 공무원은 최대한 빨리 연락하겠다며 전화를 끊어버렸다. 잠시 후 전화가 왔다. 방금 통화한 공무원의 상급자였다. 그는 직원의 실수로 통지서를 잘못 보냈다며 거듭 사과해왔다. 밀린 금액이 하나도 없다는 걸 확인 후 전화를 끊었다. 어이가 없었다. 공직사회 말단의 실수도 어이없었지만 이 별것 아닌 일에 휘둘려 망연자실했던 스스로가 더 어이없었다. 이 일은 최근 내 정신 상태를 나타내는 지표였다. 말 그대로 난 얼이 빠져 있었다. 피싱 전화라도 왔다면 그대로 속아 넘어갔을 것이다. 하지만 여러 의미에서 바보 같았던 이 일이 현실은 물론 나아가야 할 길까지 떠올리게 만들었다. 개발로 빚을 갚는 시간을 계산하는 사이 마음속으론 딴생각을 품고 있었으니 말이다. 그건 글을 쓰는 쪽이 더 빠를지도 모른다는 은밀하고도 위험한 생각이었다.

하지만 그 생각은 곧 잊히고 만다. 순간의 깨우침에 인생 체질까지 바꿔버리는 이도 있겠지만 난 아니었다. 불에 덴 듯한 그 느낌은 금방 사그라졌고 모든 건 그 자리 그대로였다.

광화문의 개발 현장으로 향하던 길의 일이다. 지하철역 출구 근처에 돗자리를 펼쳐놓은 노숙자의 뒷모습이 보였다. 그는 허릴 숙인 채 뭔가에 몰두하고 있었다. 호기심이 동한 난 걸음을 늦추고 곁눈질로 그를 살펴보았는데 웬걸, 그는 노트에 글을 쓰고 있었다. 코끝에 걸쳐진 안경과 더없이 진지한 얼굴. 대체 뭘 쓰고 있는 것일까? 줄 바꿈과 여백 등을

개발로 도피하다

볼 때 가계부는 아닌 거 같았다(노숙자도 가계부를 쓴다면). 아마도 그건 일기, 하나의 이야기일 것이다. 정갈한 글씨가 절로 감탄을 불러일으킨다. 이제 보니 돗자리 주변 살림살이도 상당히 깔끔하게 정리되어 있다 — 이미 글을 쓸 환경을 만들어 놓았다. 말이라도 걸고 싶었지만 그럴 용기는 없었기에, 난 잠시 더 그를 훔쳐보다 걸음을 옮겼다.

쉬는 시간. 땀을 식히며 아까 전 거리의 시인을 떠올려 보았다. 그가 투고를 위해 글을 쓴다고는 생각되지 않았다. 그는 다른 누구도 아닌 자신을 위해 글을 썼을 것이고 보이기 위한 것이 아니기에 그 글은 진정 읽어볼 만한 가치가 있을 것이다. 살아온 과거, 거리 위의 삶, 닥쳐올 미래. 가장 순수한 형태의 예술과 심상. 그는 잠시 내게 본질을 보여준 것 같았다. 글을 쓰는 진짜 이유는 뭘까, 그건 어디에서 기인하는가, 난 얼마나 진실할 수 있을까. 다른 이들의 기호에 맞춰 쓴 글을 진짜 글이라 할 수 있을까? 오랜만에 발전적인 공상을 할 수 있었다. 오로지 돈이 지배하기에, 진짜를 찾기 힘든 세상이다. 반칙을 밥 먹듯이 써대는 이들 사이에서 자신을 지키기란 너무도 힘든 일이다. 모두가 상처를 두려워하고 있는 그대로를 받아들이지 못한다. 어느 순간 자신을 지킨다는 건 자신을 숨기는 것과 같은 말이 되어버린다.

공사장 한복판에서 영화를 외치다

간질간질하다. 생각을 더 이어가고 싶지만 잡힐 듯 말 듯 뭔가 하나 부족하다. 빛을, 조금 더 빛을…

"이런 씨알!"

빛 대신 뒤에서 들려오는 욕 소리. 썩을, 언제나 이런 식이다. 욕을 내뱉은 이는 병수란 개발맨으로 지금 내 공상의 표본과도 같은 놈이다. 그의 앙상한 몰골과 노안(동갑인 걸 모르고 한참을 형이라 불렀었다)에 서린 억울한 표정, 후줄근한 옷차림 등은 보는 이를 절로 안쓰럽게 만들었다. 그리고 그는 말을 심하게 더듬었는데 아마도 이게 결정타였을 것이다. 엄청난 방어기제를 쌓은 주원인 말이다. 주위에 위축돼 말을 더듬게 된 것인지 원래 말을 더듬는 그를 사람들이 홀대한 것인지는 알 수 없다. 대부분의 인부들이 일을 많이 못나간 척 약자의 위치에 서려고 하는 데 반해 병수는 한 달에 개발로만 오백만 원 이상을 번다고 말하고 다녔다. 옷 장사를 한다는 와이프의 수익까지 더하면 달에 천만 원이 넘어가는 수준이었다(물론 믿는 이는 아무도 없었다). 그는 일도 거칠게 했는데 별것 아닌 일에 투덜대고 욕을 했으며 공구를 크게 휘둘러 주변인들을 불안하게 만들었다. 먼저 인사하는 법이 없었고 그나마 인사를 받을 땐 고갤 까딱하는 게 전부였다. 그는 실드 덩어리였다. 얄보이지 않기 위해서였지만 너무도 허술했기에, 그는 원래의 의도를 넘어서서 모두에게 미움받고 있었다. 평소라면 그냥 무시했겠지만 오늘은 단둘이서 일하는 데다 기분 역시 감상적이었기에 저 옹졸한 사내가 맘에 걸린다. 어떡해야 할까 저놈을. 병수라는 이름으로 대변되는 저 높은 담을 부술 수는 없을까? 아무것도 의식하지 않은 채 자신을 드러내는 자연스러운 순간, 거리의 시인과도 같은 모습을 그에게 기대하는 건 애초에 무리인가? 그의 영혼은 영영 볼 수 없는 것인가?

젠장, 저놈은 내가 무슨 생각을 하는지 죽었다 깨어나도 모를 것이다.

순간 병수가 날 부른다. 그것도 나긋나긋한 목소리로. 다가가 보니 그는 나로선 처음 보는 수줍은 미소를 짓고 있었다.

"반장님, 저 윗부분 좀 털어주면 안 돼요?"

그는 빠루로 붙박이장 위쪽 천장을 부수고 있었는데 키가 모자라 손이 안 닿는 곳이 있었던 것이다. 하…! 대관절 무슨 일인가. 이놈이 내게 부탁을 한다고?

난 잠시 그를 대신해 천장을 털어냈다.

우수수… 뭔가 무너지는 소리. 그도 듣고 나도 들었다.

"고맙습니다."

그가 꾸벅 인사를 해 보인다. 그 진솔한 모습에 결국 나도 웃고 만다.

'짜식, 넌 절대 지옥 근처에도 못 가겠구나.'

순간 간질간질했던 느낌이 확 트인다. 이건 하나의 복선, 상징과도 같았다. 자신의 약함을 알고 인정하는 것, 우린 거기서부터 시작할 수 있을 것이다. 갑자기 뭐든 가능하단 생각이 든다.

하지만 늘 그랬듯 그 생각은 어느 순간 잊히고 만다. 뭘 이어가기엔 아직 부족하다.

시간은 흐른다. 계속되는 개발과 잠. 잠시일 뿐인 공상. 제자리걸음인 통장 잔고와 의지….

유난히 피곤한 하루를 보낸 어느 날, 깊은 새벽 엉뚱한 시간에 눈을 뜨고 만다.

멍하게 천장을 보고 있자니 기분이 이상해진다. 절대 익숙해지지 않는, 여전히 남아있는 자정의 영혼. 개발과 잠의 반복 속에서 텅 비어버린 나.

문득 기억의 편린 하나가 떠오른다. 그건 총체적인 느낌이자 하나의 이미지, 데자뷔이다.

개발로 도피하다

- 소년은 집에 혼자 남겨지고 싶었다. 종일 컴보이를 해보는 게 소원이었다. 어느 날 소년의 부모는 어른들만의 비밀스런 길을 떠났고 소년은 즉시 티비에 컴보이를 연결한다. 잔칫날의 시작이다. 자유로워서였을까, 소년은 평소 절대 넘지 못하던 스테이지를 넘어선 후 최종 보스와 맞닥뜨린다. 흥분한 소년의 손이 떨린다. 어찌나 떨리는지 컨트롤이 되지 않을 정도이다. 제발 보스를 무찌르고 엔딩을 볼 때까지 혼자이기를 소년은 간절히 기도한다. 그게 먹혔는지 부모님은 집에 돌아올 생각을 하지 않는다. 소년은 도전에 도전을 거듭한 끝에 보스를 무찌른다. 엔딩은 감동 그 자체이다. 순간 혼자라는 것이, 이 역사적인 순간을 함께할 이가 없다는 것이 아쉬워진다. 부모님이 돌아와도 오락을 했다고 말할 순 없기에 이 엔딩은 혼자 간직해야 할 비밀, 나만의 영광으로 남는다. 마침내 엔딩크레딧이 다 올라간다. 다시 게임을 해보지만 아무 느낌도 없다. 결국 소년은 티비를 끄고 자리에서 일어선다. 텅 빈 집의 고요함이 낯설다. 자신이 비워진 것임을 소년은 아직 모른다. 가슴속 싱숭생숭한 느낌 하나가 전부이다. 잠시 서성이던 소년은 곧 새로운 무언가를 찾아나선다. 문득 책장 구석에 그게 거기 있는지도 몰랐던 책 하나가 눈에 들어온다. 아마 그건 홈즈 시리즈나 나니아 연대

공사장 한복판에서 영화를 외치다

기, 혹은 로얼드 달의 소설이었을 것이다. 순수의지가 발현된 이 순간의 집중력은 놀라울 정도이기에 소년은 꺼내든 책을 그 자리에서 다 읽어버린다. 단어의 연속으로 이뤄진 종이 묶음이 오락보다 재밌을 수 있다는 걸 전에는 몰랐다. 그리고 이 한 권의 책이 소년의 인생을 바꿔놓는다.

자리에 드러누운 채 과거의 나와 조우한다. 공허함 속에 새로 채워 넣어야 함을 깨닫는다. 자연스레 안으로 받아들인 그것은 오롯이 내 것이 될 것이다.

천장은 볼 만큼 봤기에, 일어나 움직여본다. 친구가 보내준 공모전 요강을 클릭 후 한 글자도 놓치지 않고 꼼꼼히 살펴본다.

'웹툰, 영화 두 마리 토끼를 잡고 싶은 당신을 위해!'

공모전의 슬로건이다. 괜찮은 것 같았다. 난 나를 인정하고 내가 할 수 있는 걸 해보기로 했다.

공모전 준비

그들의 이야기가 곧 나의 이야기

　단편 시나리오를 하나 써둔 게 있었다. 제법 오래 묵혀둔 놈으로 현실 따위 고려하지 않은, 다시 말해 절대 찍을 수 없는 소재의 글이었지만 웹툰이라면 얘기가 달랐다. 충분히 장편화 시킬 수 있을 거 같았고 원래가 영화 시나리오였으니 공모전 컨셉에도 딱 맞아떨어졌다. 해볼 만하다.

　놈은 여태 자길 어루만져주길 기다리고 있었던 모양이다. 건드리는 족족 자라는 놈을 보며 그간 보낸 허송세월을 되짚기도 했지만 그건 잠시였다. 지금 내겐 지금만이 있을 뿐이었다.

　'너, 이놈 이야기야. 우린 서로를 도와야 해. 나 혼자선 무

　공사장 한복판에서 영화를 외치다

리니 넌 너대로 계속 커가야만 한다.'

    그간 방치한 자식을 돌보는 사이 또 한 번의 겨울이 다가
왔다. 창밖은 완연한 잿빛, 오직 죽음뿐이다. 그렇기에 내가
살아있음을 실감한다. 이토록 삶과 죽음이 대비되는 계절이
라니! 인지하든 못하든 사람들이 그토록 크리스마스를 기다
리는 이유는 죽음 가득한 대기 속에서 거대한 생명이 잉태됐
다는 극적인 대비, 상징성 때문일 것이다(예수가 여름에 태
어났다면 분위기는 딴판이었을 것이다). 어디 그뿐인가. 겨
울의 대비 효과는 생활 곳곳에서 드러난다. 추위에 떨다 선
술집에 들러 따뜻한 국물에 정종이라도 한잔 걸치면 자기도
모르게 살겠다는 말이 나온다. 따뜻한 아랫목에서 간식을 먹
을 때의 아늑함은 바깥 — 죽음에 속해있지 않음에 대한 안
도와도 같다. 추위 속에서 지성이 나온다는 말이 괜히 있는
게 아니다. 삶과 죽음의 경계에서 인간의 지성이 나온다. 러
시아의 옛 문인들을 보라. 도처에 깔린 죽음 속에서 자신을
돌아볼 수밖에 없었을 것이다. 우리는 다들 자신만의 방식
으로 삶을 죽음에서부터 끄집어내고 있다. 그리고 난 내 이
야기를 어둠에서 빛으로 끄집어내고 있었다. 글쓰기는 확실
히 부활과도 같은 작업이다.

건너편 테이블의 남자와 눈이 마주치며 몽상에서 깨어난다. 그와 난 거의 한 달을 커피숍 같은 자리에서 마주하며 보냈다. 고시생인 듯한 그는 몰래 가져온 고구마를 꺼내 먹으며 핸드폰을 만지작대고 있었다. 처음 며칠은 내 눈치를 보더니 이젠 아무렇지도 않나 보다. 참으로 소박하구나. 난 저자에게 어떻게 비치고 있을까? 그가 잘 됐으면 좋겠다. 정말 네가 나의 거울이라면 너의 성공이 곧 나의 성공이 될 것이니.

글에 집중하느라 자연히 개발 일수가 줄어들었다. 마음 같아선 글만 쓰고 싶었지만 밥을 굶을 순 없기에 결국 노트북을 덮어야 했다. 젠장, 왜 인간은 먹지 않으면 죽는 것일까.

간만의 야간 개발. 추위가 한풀 꺾인 아늑한 날이었다. 이런 날엔 서둘러 담배를 태울 필요가 없기에 다들 쉬는 시간을 즐기며 수다를 떨고 있었다. 백화점 입구에서 이러지 말고 흡연구역으로 가자는 누군가의 말에 봉석이 한마디 한다.

"괜찮아, 사는 게 불법이여."

고갤 젓게 만드는, 오늘의 명대사이다. 난 언제나처럼 담배 연기를 피해 새벽 거리를 내다보고 있었다. 누가 쓸어놓은 듯 군데군데 모인 낙엽이 보인다. 이 시간에 개발을 하는 이가 또 있구나 싶은 순간 돌풍이 분다. 〈메리 포핀스〉의 재림마냥 낙엽이 솟구치더니 커다란 원을 그리며 자기네들 끼리 사이좋게 모인다. 세상에나, 비질을 해도 저렇게 깨끗이 청소되진 않을 것이다. 가만히 두면 알아서 정리되는 걸 왜 인간은 기다리지 못하고 비틀기만 할까. 이 진풍경을 나만 본 건 아니었는지 곳곳에서 소란이 인다.

"역시 자연의 섭리는 신비로운 거야."

"저 봐. 회오리로 감아버리잖아. 감아서 모아놓잖아."

개발판에선 하루에도 몇 번씩이나 주옥같은 대사를 들을 수 있다. 물론 귀를 열고 있을 때의 얘기지만. 순간 봉석이 날 딱 지목한다.

"원숭이 넌 왜 일을 나왔다, 안 나왔다 그러냐?"

"쟤 글 쓰잖아. 영화쟁이였던가 그럴 거야."

"뭐? 그럼 그 시나리오를 네가 쓰는 거야?"

하하…. 순식간에 모든 이목이 내게 쏠린다. 글과 영화라니, 개발맨들로선 이보다 더 신선한 화제가 없을 것이다. 곧 다들 한마디씩 떠들어댄다. 두세 명이 동시에 말을 걸어와 누구를 보고 답해야 할지 애매할 정도였다.

"뭐 쓰는데?", "여자 연예인 누구 봤어?", "베드씬 찍어봤

어?", "가슴도 봤어?", "내 인생이 영화야. 그냥 나를 찍어.",
"지랄 났네. 못생겨가지고.", "그래서 지금 쓰는 게 뭔데?"

마지막 질문에 다들 입을 닫고 내 대답을 기다린다. 이걸
어떡해야 하나.

"침이 염산인 여자 얘긴데요."

…조용하다.

"알고 보니 여자의 엄마가 에이리언…."

말을 채 끝내기도 전에 폭발적인 반응이 나온다.

"에헤이! 안 돼, 안 돼!", "뭐야 그게 말이 안 되잖아.", "너
또 똑같은 한국 영화 찍고 싶냐?", "꼭 가족 들먹여서 눈물 짜
내고 엠병하고….", "그런 거 말고 이런 건 어때?"

다들 언제부터 이렇게 영화 전문가들이었단 말인가.

"그냥 지금 네 이야기를 써. 노가다하는 얘기. 얼마나 소
재가 많아?"

"쓰고 있어요."

사실 메모 정도가 전부이지만, 홧김에 쓴다고 대답해버
렸다.

"오 역시. 제목은 정했어?"

"개발행 급행열차…. 인데요?"

"개발이 뭔데?"

"인력개발의 개발요. 저랑 제 친구들은 어려서부터 노가다를 개발이란 말로 불렀거든요."

"흠… 그거보단 이거 어때?"

이번엔 다들 제목을 짓겠다고 난리다. 그건 언제나 재미있는 놀이이다.

"노가다. 딱 심플하고 좋다.", "노가다꾼의 꿈.", "삽질.", "삽과 땀.", "개뻘짓."

아예 한술 더 떠서 노가다 교본을 만들자고 하는 이도 있었다. 삽질, 톱질 등의 정확한 자세와 요령, 철거에 대한 전반적인 이해와 이행 과정 등을 정리하자는 건데 오늘 나온 말 중에선 제일 괜찮은 생각인 거 같았다. 그런 책이 있다면 난 무조건 책장에 꽂아둘 것이다. 만일 내게 그 교본의 서문을 쓸 기회가 주어진다면 첫 문장을 어떻게 쓸까 — 그 방대한 이야기를 어떻게 시작해야 할까.

"들어갑시다!"

인부들은 일을 재개하고도 계속 교본 이야기를 해댔다. 대화의 여운은 꽤 오래 지속되었다.

"너 글 쓴다며? 파이팅해라."

평소 대화 한번 해보지 않은, 나보다 나이가 열대여섯은 많은 인부가 어느 날 대뜸 내게 건넨 말이다. 그런가 하면 보도방 봉고를 운전하다 개발계로 넘어온 재식이라는 인부는 또 이렇게 말한다.

"너 퀄리티 있는 놈이구나. 열심히 하고 화양리 오면 꼭 연락해. 술 사줄게."

순간이나마 날 대하는 이들의 태도가 바뀌었다. 또 한 번의 대비, 치열한 겨울 야간 개발 속에서의 인간성. 잘하고 싶다. 이들을 실망시키고 싶지 않다.

쉬지 않고 글을 써나갔다. 그놈은 계속해 자라났다. 여전히 부족했지만 어떤 면에선 괜찮아 보이기도 했다. 뭐 알 수 없다. 글은 고치려 들면 무한정 고칠 수도 있기에 다 집어치우고 바로 메일을 보내버렸다. 딸깍, 접수 완료. 세상 모든 일이 그렇듯 될 수도 있고 안 될 수도 있겠지만 순수 가능성으로만 보자면 후자의 가능성이 더 클 것이다. 난 전문작가가 아니니까. 하지만 마음이 한결 개운해진 건 사실이다. 아직 에너지가 남아있었고 뭐든 계속 쓸 수 있을 것 같다. 하나, 통장이 텅 비었기에 일을 나가야만 했다. 글과 개발의 굴레는 아직 끝나지 않았다.

글 때문에 일을 띄엄띄엄 나갔더니 중간에 끼어들기가 쉽지 않았다. 겨울의 개발은 귀하기에 다들 아무리 피곤해도 한번 잡은 일은 절대 놓지 않으려 했다. 기다리는 수밖에 없었다. 결국 지치는 이가 한 명은 나오겠지.

며칠이나 기다렸을까, 드디어 소장에게 연락이 왔다. 최소 일주일은 이어지는 일이길 바라며 기쁜 마음으로 개발에 나선다. 이런 기분을 느끼는 것도 참 오랜만의 일이다. 하나, 뽑기 운이 없었다. 하루 만에 끝나는 자투리 일 앞에서 기운이 쏙 빠진다. 이거 또 쫄쫄 굶게 생겼다. 그때 들리는 익숙한 목소리.

"네가 여기 왜 나와. 글을 써야지. 어?"

이웃 현장에서 아는 얼굴 하나가 다가온다. 먼지폭풍 속에서도 절대 마스크를 쓰지 않는, 개발에 닳을 대로 닳은 남자 희성. 그는 한 철거업체의 팀장이었는데 어쨌든 나보단 나이가 많았고, 대놓고 날 동생이라 불렀기에 어쩔 수 없이 나도 (그가 원하는 대로)그를 형이라 부르고 있었다. 희성은 특유의 오지랖으로 사람을 괴롭히곤 했는데 방금 전의 말이 딱 그런 식이었다.

'무슨 애도 아니고 알아서 잘하겠지. 왜 여기까지 와서 난리야…?'

"내일 뭐 하냐?"

그는 소장에게 말해 놓겠다며 내일 자기 현장으로 나오라고 말한 뒤 그냥 가버렸다. 얼떨떨했지만 내일도 다른 일이 없을 가능성이 절대적이었기에, 그러기로 했다.

다음 날. 현장에 도착했더니 희성이 보이지 않는다. 슬슬 현장을 한 바퀴 둘러본다. 대체 왜 불렀나 싶을 정도로 할 일이 없어 보였다. 얼마간 돌아다니다 보니 전기톱 날을 갈아 끼우고 있는 희성이 보인다.

"동생 왔어? 좀 쉬고 있어."

우두커니 선 채 그를 기다렸다. 잠시 후 작업을 마무리한 그는 먼저 들어가 보겠다며 내게 청소를 부탁했다. 넉넉잡아도 한 시간이면 끝날 일이었다. 설마…? 물끄러미 보고 있자니 그가 피식 웃으며 말한다.

"요즘 일 없을 거 아냐. 생활비에 보태 써. 열심히 하고."

부끄럽다. 여태 그를 잘못 생각한 것 같다. 심지어 그는 밥 대신 가져온 햄버거를 내게 억지로 건네기까지 했다. 또 한 번의 인간성을 여기서 본다. 이런 이들이 세상을 지탱하는 법이다.

고요함 속에서 홀로 일을 해나간다. 비닐을 줍고 시멘트 가루를 쓸어 담고 얼룩은 물걸레로 닦아낸다. 보는 이 하나 없지만, 인부들의 걸음 몇 번에 다시 더러워지겠지만, 그래도 해나간다. 순간 멀리 글라인더 소리가 고요를 깬다. 문득

공사장 한복판에서 영화를 외치다

그 현장이, 개발 중인 인부들이 보고 싶다. 소리 쪽으로 다가가 쪽문을 통과하니 여태 있는 줄도 몰랐던 현장이 모습을 드러낸다. 드넓은 부지에 인부가 몇 명 없어 텅 빈 느낌이 든다. 그마저 다들 멀리 떨어진 채 홀로들 일하고 있다. 방금 전 나처럼 말이다. 나를 등지고 서 있는 인부가 화이바의 끈을 조절한다. 그는 나의 존재를 모른다. 그는 보안경까지 새로 착용 후 글라인더를 다시 작동시킨다. 곧 요란한 소리와 함께 노란 불꽃이 튄다. 누가 보든, 보지 않든 묵묵히 자기 자리에서 할 일을 해나가는 사람들. 무엇도 의식하지 않는 더없이 자연스러운 모습.

천천히 주월 둘러본다. 세상은 모든 곳에서 동시에 이뤄지며 돌아가고 있었다. 내 앞의 인부가 불꽃을 튀기며 철근을 자르고 있는 이 순간은 외딴 시골 편의점의 누군가가 물품을 정리하고 있는 바로 그 순간이며 과거 내가 근무를 섰던 탄약고 앞을 여전히 지키고 있는 젊은 군인의 지금이기도 하다. 그 연속성과 동시성. 어느 곳도 절대 비워지지 않는다. 그건 거기에 굳건히 있다. 보이지 않아도 거기에 존재함을 우리는 안다. 내가 비를 맞으면 다른 누군가도 자신의 자리에서 비를 맞을 것이다. 이토록 거대하고 완벽한 세상의 일부라는 것. 살아있어 기쁘다. 나로서 존재하고 있음에 안도한다. 더는 외롭지 않을 것만 같다.

　이른 오전 잠에서 깨 맥주 뚜껑을 딴다. 몇 모금 들이켠 후 오전의 고요에 가만히 귀를 기울인다. 또 한 번의 텅 빈 느낌. 디킨스의 책을 꺼내다 문득 다른 생각이 든다. 그래 그걸 써보자. 노가다, 다른 말로 개발을. 전에 누가 말한 대로 소스는 충분하지 않은가? 그간 봐왔던 사람들 — 소장, 서 반장, 문 반장, 최승식, 왕발, 마해, 일곤, 봉석, 희성 등등 대충만 떠올려도 쓸거리가 흘러넘친다. 그들의 이야기가 곧 나의 이야기이다. 왜 그걸 몰랐을까? 조금씩 시작해보자. 오래전 끄적거려 놓은 일기 형태의 글도 있다. 과연 뭐든 써두면 훗날 도움이 되는 법이다. 즉흥적으로 첫 문장을 써 내려간다.

　'동틀 녘의 썰렁한 거리 위, 자판기 커피를 마시며 괜히 어슬렁대는…'

　모르는 번호로 전화가 온다. 혹시나 하는 마음에 받아 봤더니,

　"노원숭 작가님 맞으신지요?"

　공모전 담당자에게서 연락이 왔다. 일차 심사는 합격이니 면접을 보자고 말이다.

합격자 발표

숙대입구역 스타벅스 오후 두 시 반. 피디 및 대표와 인사를 나누고 자리에 앉았다. 실로 오랜만에 느껴보는 긴장감. 난 당당하면서도 깨어있고 뭐든 들을 준비가 되어 있는 태도를 보이려 애쓰며 그들과 이야길 해나갔다.

다음을 궁금하게 만드는, 묘한 긴장감이 있는, 술술 넘어가는 잘 쓰인 글이라고 한다. 문장력이 좋다고 한다. 그래 여기까지 불러놓고 혹평만 하지는 않겠지. 그럼에도 제발 이대로 끝났으면 하는 바람이었다. 이 자리가 내 인성과 지구력 정도를 알아보는 자리이길 바랐다. 하지만 그럴 일은 없었다. 그들은 이야기의 문제점을 명확히 알고 있었고 짤막한

칭찬이 끝나자마자 송곳 같은 문제 제기가 시작되었다. 요약하자면 내 글은 이제 시작되는가 싶은 타이밍에 끝나버리고 마는 전형적인 용두사미 꼴이었다. 난 결국 단편의 한계를 뛰어넘지 못한 것이다. 그들은 더욱 새롭고 창의적인 이야기를, 엄청난 여운의 엔딩을, 전폭적인 수정을 원하고 있었다. 그렇다. 그들이 원하고 있었다.

대략 일주일의 시간이 주어졌다. 초반부를 제외한 이야기 전체를 바꿔야 했다. 터무니없이 모자란 시간이었지만 다른 수가 없었다. 난 다른 모든 활동을 접고 글과 사투를 벌이기 시작했다. 설날이 코앞이었지만 그런 건 중요하지도 않았다. 고향은 언제든지 갈 수 있다. 좀 늦더라도 승전보를 가져가는 편이 가족들 입장에서도 훨씬 기쁠 것이다. 이제 해보는 수밖에 없다. 해보는 거다.

……맙소사, 한 글자도 고치지 못했다. 사흘간 모니터에 구멍이 날 정도로 노려보았지만 글은 꿈쩍도 하지 않았다. 그건 굳건했다. 경질화 된 생각을 다시 유연하게 하는 건 세상에서 가장 어려운 일이었고 시간이 없단 생각에 초조함까지 더해져 최악의 시너지를 발하고 있었다. 이제 난 한발 물러나고 있었다.

'어쩌면 이야기 전체를 수정할 필요는 없을 것이다. 가능성, 그것을 보여주면 된다. 방향성 정도만 잡고 그걸 요약해 보자.'

하지만 여전히 한 글자도 쓸 수 없었다. 거의 미칠 지경이었다. 함순의 고뇌를 느끼며 몸부림치는 사이 얼굴은 야위어갔고 타들어 가는 속을 따라 피부도 검게 변해갔다. 난 죽을지도 몰랐다. 정말 그럴 것 같았다.

나흘째가 되던 날, 난 다시 생각을 바꿔 주변 지인들을 만나고 다녔다. 그들에게 이야길 들려준 후 사소한 아이디어 하나라도 얻어내려 애썼다. 하지만 헛수고였다. 급조된 만남에서 창의적인 생각이 나올 리 만무했고 밥을 사느라 통장만 비어가는 꼴이었다. 그러다 갑자기 영감이 왔다. 하도 많이 지껄여대 말의 패턴이 생겼을 즈음이었다. 어떻게든 그럴듯하게 들려주기 위해 없는 내용을 가져다 붙이는 사이 뭔가 하나 불쑥 튀어나온 것이다. 이걸 어떻게든 확장 시켜야 한다! 난 다시 집에 틀어박혔다. 쓰다가 막히면 친구에게 전화를 걸어 주저리주저리 이야길 떠벌려댔다. 말을 내뱉음과 동시에 그 앞의 이야길 상상하며 살을 붙여나갔다. 이 방법은 확실히 효과가 있었고 이야긴 서서히 완성되고 있었다. 난 물 대신 에너지드링크를 마시며 계속해 써나갔다.

완성했다. 잠시 오타를 확인 후 메일을 보내고 피디에게
문자를 남겼다.

……

답이 없다. 원래 그런 사람인가 보다. 어쩔 수 없지, 기다
려 보자.

……

아니, 이렇게까지 연락이 없을 수 있는 건가? 뭔가 잘못된
거 같았다. 혹시 내가 폰번호를 잘못 저장했나? 그사이 메일
주소가 바뀐 건 아닐까? 나로선 알 수 없는 인터넷 오류로 파
일이 첨부되지 않았다면? 혹시 이것도 일종의 테스트인가?
제대로 된 건지 전화를 걸어 확인하고 싶었지만 차마 그럴
순 없었다. 초조함을 보여 좋을 건 하나도 없기 때문이다.

애간장을 태우는 사이 하루가 지났다. 눈을 뜨자마자 보
낸 메일함을 확인했더니 수신확인이라고 떠 있었다. 이게 뭔
지…. 참 고약한 양반이다. 어쨌든 글은 잘 전달된 거 같았
고 기간 내에 해냈다는 것만으로도 점수를 벌 수 있을 것이
다. 아마도.

큰 기대는 더 큰 실망을 낳기에 내려놓고 있어야 했다. 그
래야만 됐다. 하지만 아무리 밀어내도 다시 머리통을 들이

미는 이 희망이란 놈을 어찌해야 할까. 전화가 올 때마다 심장이 쿵쿵 뛰었다. 그럴 때면 스스로 태연한 척하느라 빨리 받지도 않았다(죄다 돈을 빌려준다는 전화였다). 난 희망을 가져도 되는, 입증된 가능성을 가진 사람이었다. 그게 날 특별하게 만들었다. 주변 이들에게 기쁜 소식을 알리는 날 상상해 본다. 그들의 웃는 모습을 그려본다. 배시시 웃고 있는 스스로를 발견 후 멋쩍어 혼잣말을 해댄다.

"에헤이, 왜 그래 인마!"

난 책과 영화를 보며 여유롭게 시간을 보냈다. 그것들은 보는 족족 체내로 흡수돼 날 성장시키고 있었다. 다시 쓰면 더 좋은 글이 나올 것 같았고 실제로 새로운 아이디어가 떠오르기도 했다. 하지만 글을 또 펼쳐 들긴 싫었다. 지금 내가 해야 할 일은 기다리는 것이었다.

합격자 발표일이 다가오고 있었다. 어떤 공모전이든 합격자들에겐 미리 연락을 돌린다는 말을 들은 적 있기에 지금의 상황은 어딘지 의심스러웠다. 이렇게까지 아무런 언질도 주지 않는다니. 처음부터 이상하긴 했다. 하다못해 수고했다는 말 정도는 할 수 있는 거 아닌가. 문자가 힘들면 메일로라도. 일하는 방식이 마음에 들지 않는다. 하지만 그들이 모든 걸 가지고 있다. 이제 기다림은 희망이 아니라 사슬이었다. 정말 초조해 죽을 지경이었다. 난 집에 앉아있지 못해 매일 밖을 쏘다녔다. 추위도 느껴지지 않았다. 이 죽음의 계절은 평소와는 다른 방식으로 날 죽여가고 있었다.

하루는 마음을 다잡고 글을 다시 읽어보았다. 나의 가치를 찾고 자신감을 얻고 싶었다. 자아를 배제한 채 최대한 객관적으로, 그들의 눈으로 보려 애썼다.

이럴 수가…. 글은 형편없었다. 갓 완성했을 때의 흥분이 사라진 지금 글은 자신의 민낯을 여실히 드러내고 있었다. 유레카를 외쳤던 아이디어는 고전작가들이 수백 번도 넘게 써먹은 여러 방식 중 하나에 불과했다. 단락의 연결은 매끄럽지 못했으며 억지로 살을 붙인 흔적이 역력했다. 심지어 오타도 아직 남아있었다. 수정은 아무 의미도 없었던 것이다. 연락이 안 온 게 당연하다. 왜냐면 불합격이니까. 여태 경험해보지 못한 좌절감이 밀려왔다. 난 한참을 노트북 앞에 멍하니 앉아있었다.

결국 참지 못하고 술을 마시러 나갔다. 가난한 배우들의 자리에 불쑥 끼어들었다. 울적해 말 한마디 없는 내게 사정을 물어보는 그들. 난 그냥 싹 다 얘기해버렸다. 동정도 응

원도 필요 없지만 가슴 속 답답함을 어떻게든 떨쳐내고 싶었다. 넌 무조건 잘될 거라는 가짜 희망과도 같은 응원이 돌아온다. 힘겹게 가짜웃음을 지어 보였지만 마음속 연못에 비친 내 얼굴은 이미 일그러져 있었다. 술을 퍼부었다. 맛도 없고 취하지도 않는다. 내 옆의 지인의 지인은 죽은 친구의 장례식 때문에 태국에서 한국까지 넘어왔다고 한다. 테이블엔 죽음의 냄새가 풍겼다. 안과 밖 양쪽 모두에 죽음뿐이었다. 굳이 여기까지 나와 똥술을 마시고 있는 스스로를 이해할 수 없었다. 헤어지기 전 지인이 날 안아준다. 남은 안주를 싸가는 모습이 소박하다. 그걸 보는 내 마음도 소박하다. 재능은 분명하지만 너무도 운이 없는 당신…. 당신이라도 잘됐으면 싶다. 그랬으면 좋겠다.

밤새 길을 거닐어 본다. 이미 지나간 예수의 탄생을 축하하는 글귀와 초라하게 반짝이는 트리. 잔뜩 웅크리고 죽음을 피해 어딘가로 달아나는 사람들. 난 가장 후미진 골목만 골라 다녔다. 거기서 삶을 이어가는 이들을 보며 희망을 건져내려 해보았다. 하지만 실패했다. 애초에 무리란 걸 알고 있었다. 집에 돌아와 옷도 갈아입지 않고 누워버렸다. 잠시 후 눈을 뜨자 주변이 밝아졌을 뿐 똑같은 하루가 날 기다리고 있었다. 그 적적함은 실로 거대했다.

　　　　　　　　　　　　　　　　　　　공모전 준비

결국 난 실망하지 않기 위해 모든 걸 내려놓기로 했다. 하지만 그건 실패하겠다는 소리나 마찬가지였다. 자식을 포기하는 부모가 없듯 나도 내 글을 포기할 수 없었다. 기회만 주어진다면 놈은 분명 다른 방식으로 자라날 수 있을 것이다. 마지막으로 딱 한 번만 더 희망을 가져 보면 안 될까? 어쩌면 합격자들을 감동시키기 위해 일부러 뜸을 들이는 것일 수도 있잖은가. 그래, 아직 모른다. 포기하지 않는 한 희망은 있다. 끈기 있게, 차분하게 기다려봐야 한다.

끝난 거 같았다. 핸드폰은 울리지 않았고 그 어떤 암시도 없었으며 훌륭하지도 않은 글에 매달리는 자신이 한심할 뿐이었다. 다른 수가 없었다. 스스로를 구하기 위한 피드백, 자기합리화 모드에 들어간다. 좋은 경험이었고 다시 시작하면 될 것이다. 어쨌든 면접까지 가보지 않았나. 주어진 시간 내에 글을 써내는 진귀한 경험도 해보았고 말이다. 그리고 또……

……빌어먹을.

마지막 미련을 버리기 위한 밤. 난 자는 둥 마는 둥 했다.

공사장 한복판에서 영화를 외치다

밤새 뒤척이다 간신히 잠이 들었을 땐 괴이한 꿈이 날 기다리고 있었다. 눈을 뜨니 정오에 가까운 시간이었다. 지긋지긋한 권태의 시작. 오늘 하루는 또 어떻게 보내야 하는 건지, 뭘 어떻게 먹고 뭘 어떻게 정리하고 뭘 어떻게 생각해야 하는 건지, 나는 왜 어른이 되어버린 건지.

멍하니 이부자리에 앉은 채 그저 시간을 흘려보낸다. 잠시 후 견디지 못할 정도가 되면 대충 때우기식의 허접한 식사를 할 것이다. 잔인한 현실이 밀려왔다. 모든 게 싫었지만 최악은 다시 개발을 나가야 한다는 것이었다. 난 그새 꿈에 부풀어 더는 개발을 나가지 않고 글만 쓸 수 있을 거라고 스스로를 속였던 것이다. 헛된 꿈과 망상. 난 당해도 싸다.

우-우-웅…

핸드폰이 울린다. 피디다! 앞선 내 생각은 물론 앞으로의 운명까지 가를 전화가 지금 이불 위에서 울리고 있다. 당장 받아야겠지만 망설여진다. 너무 빨리 받으면 나의 초조함을 상대에게 들킬 것이다. 그럴 경우 정말 듣기 싫은, 동정 가득한 목소리를 듣게 될 수도 있다. 그렇다고 너무 뜸을 들이다 저쪽에서 전화를 끊어버리면 그것 또한 곤란한 일이다. 어쨌든 확실한 건 마침내 전화가 왔고 무슨 말이 나오든 받아들여야만 한다는 것이다.

…이게 뭐라고 망설인단 말인가. 당장 받고 치워버리자. 난 철거로 단련된 개발맨이니까.

"네, 피디님."

"작가님 축하드립니다. 같이 할 수 있게 되어 영광…"

·

·

됐다.

여태 이야기를 들어준 지인들에게 감사 전화를 돌렸다. 당신들 덕분에 여기까지 올 수 있었다. 좋은 글이니 끝까지 포기 말라며 격려해줬던 배우 덕경은 자기 일처럼 기뻐해 주었다. 나를 위해 쓴 글이지만 이런 반응을 볼 때면 다른 생각이 들기도 한다.

축배를 들기 위해 고향으로 떠났다. 친구들 모두 자기 일처럼 기뻐했다. 난 핑크빛 미래에 휩싸여 술을 퍼붓고 미친 놈처럼 웃어댔다. 잔뜩 취해 집에 들어갔더니 동생이 축하한다며 못난 형을 꼭 안아준다. 기쁜 걸 넘어 다행이라는, 안도감이 드는 순간이다. 이제 계약서에 도장을 찍고 나면 글에만 집중해야 할 것이다. 나 혼자만의 글이 아니기에, 그건 새로운 도전이 될 것이다. 가슴이 두근거린다.

포옹 격려 술 오바이트 등 일련의 과정을 거치는 사이 주변이 조금씩 정리되고 있었다. 이제 남은 건 하나 — 개발뿐이다. 내 소식을 전해주고 싶었다. 그 징그러운 인간들과 인사를 나눈 뒤 한 번씩 안아주고 싶었다. 하지만 현장에 나가야만 볼 수 있는 그들이다. 평소 연락을 주고받았던 것도 아닌 우린 철저한 개발맨들이었다. 하지만 설령 소장에게 연락이 오더라도 일을 나가지는 않을 것 같았다. 앞으로의 작업을 위해 체력을 낭비하고 싶지 않았다. 그 끔찍한 곳에 다시는 가고 싶지 않았다. 마스크를 뚫고 들어오는 먼지에 귀를 울리는 굉음에 사방에서 터져 나오는 욕지거리에 온몸이 쑤시고 관절은 삐걱대고 멍이 들고 물집이 잡히고 굳은살이 생기는 사이 피딱지는 늘어나고 이 일을 더 할 수 있을지 없을지 매일같이 고민하며 술로 심신을 달래고 뾰족한 수가 없어 다시 일을 나가고 후회하고 이 모든 것들이 무한 반복되는 곳. 하지만 내가 있었던 곳.

도장을 찍기 이틀 전, 거짓말처럼 소장에게 연락이 왔다. 오랜만에 괜찮은 일이 들어왔다며 거절할 생각 말고 냉큼 나가라 한다. 난 잠시 고민하다 알겠다고 말했다.

여느 때와 다름없는, 철거의 표준과도 같은 개발이었다.

부수고 주워 담고 내다 버렸다. 인부들은 늘 보던 그 얼굴들이었고 난 내색 없이 평소처럼 일을 해나갔다. 특별할 것 없는 하루였고 무난히 일이 마무리되었다. 일당을 챙긴 후 다 같이 육개장집으로 향한다. 뜨거운 국물에 소주가 훨훨 들어간다. 다들 신이나 떠들어댄다. 그저 보는 것만으로도 기분이 좋아지는 그런 광경이다. 잠자코 듣기만 하다 조심히 말을 꺼내 본다.

"형님들, 저 이제 일 못 나올 거 같아요."

"아니 왜?"

"공모전에 당선됐거든요. 당분간은 글만 쓸 거 같아요."

"어, 그래…. 잘됐네. 축하한다, 야. 그럼 한잔할까?"

그게 전부였다. 그렇게 떠들썩할 것도 축하할 일도 없었다. 난 혼자 피식 웃은 뒤 술을 넘겼다.

자리를 털고 일어난다. 각자의 길로 떠나기 전, 내겐 가장 익숙한 봉석에게 악수를 청했다.

"갑자기 웬 악수?"

"얘 이제 안 나온다잖아."

"아 맞다. 뭐 됐다고 했지?"

정말 확실한 캐릭터이다. 그래서 더 좋다. 우린 아랫목에

지지고 나와 뜨거워진 손으로 악수를 나눴다. 봉석은 내친김에 나를 안아주기까지 했다.

"그래 잘하고…. 여긴 다시 나오지 마. 알겠지?"

"…네."

"우리 같은 놈들이랑 놀아줘서 고마워."

젠장…. 이 사람이 날 울린다.

다들 손을 흔들고 떠난다. 곧 아무도 보이지 않게 된다. 바삐 출근하는 사람들 사이에 서서 멀리 태양을 바라본다. 귀에 이어폰을 꽂고 언더월드의 〈born slipy〉를 재생한다.

'잠에서 깨어나다.'

난 제대로 알지도 못하는 가사를 멋대로 흥얼대며 내 갈 길을 나섰다.

절실히 원하기 때문

삼 년이 지났다. 어쩌면 작품이 대성공을 거둬 인생 전체가 바뀔 수도 있었을 것이다. 하지만 그런 일은 일어나지 않았다. 내 것이 아니었다. 작업은 내 맘 같지 않았고 결과물은 실망스러웠으며 연재된 작품은 어떤 반향도 일으키지 못한 채 사장됐을 뿐이다. 그리고 시간여행에서 돌아온 난 다시 유지비를 마련해야만 하는, 너무도 낯익은 처지에 놓여 있었다.

그곳이 어떤 곳인지 알기에, 다시는 돌아가지 않겠다고 맹세했기에, 난 버티고 몸부림쳤다. 얼마간은 다른 일을 해가며 생활을 유지해보려 했다. 하지만 곧 한계에 부딪혔다. 다

공사장 한복판에서 영화를 외치다

시 일어서려면 새 글을 써야 했고, 글을 쓰기 위해선 며칠간 쭉 이어지는 연속적인 홀로됨이 필요했고, 그 홀로인 시간을 벌기 위해선 월급이 아닌 일당이 필요했다. 그리고 난 다른 방법을 알지 못했다.

이마저 정해진 미래였던 걸까. 난 다시 인력개발행 급행 열차에 몸을 실었다.

한동안은 우울했다. 마치 무간지옥에 빠진 듯했고 초라함에 거울마저 보기 싫었다. 하지만 결국 시간이 해결해주었다. 다시 부수고 나르는 사이 조금씩 패배감을 떨칠 수 있었고 소박하게나마 새로운 작업을 시도할 수 있게 되었다. 사실 그건 패배도 실패도 뭣도 아닌 자기연민에 가까운 무언가였다. 난 아직 더 자라야 했다.

개발맨들은 여전했다. 새로운 얼굴도 있었지만 대부분이 그때 그 사람들이었다. 그들은 삼 년 만에 보는 날 아무렇지 않게 반겨주었다. 괜찮다고, 또 하면 되는 거라고, 운동한다는 생각으로 쉬엄쉬엄 나오라고 한다. 그들은 여전히 나의 거울이었다. 그렇게 난 그들과 마주한 채 다시금 육체와 정신의 영역을 오가기 시작했다. 균형 — 그것이 중요하다.

예전만큼은 아니지만, 가끔은 개발맨들과 술잔을 나누곤
했다.

하루는 옆 테이블의 아줌마와 합석을 하게 되었다. 그녀
와 개발맨들은 구면인 듯했는데 아마도 노래방에서 만난 사
이이지 싶었다. 취하기까진 오랜 시간이 걸리지 않았다. 다
들 한 곡조 뽑아보라며 그녀를 일으켜 세운다. 싫은 척 팅기
던 그녀가 빈 병에 숟가락을 꽂고 목을 가다듬는다. 그리고
구성진 목소리로 노래하기 시작한다.

"우리네 인생에 있어서…지켜야 하는 것은…"

난생처음 듣는 그 노래의 가사는 어딘지 모르게 구슬펐
다. 고갤 끄덕이며 듣는 남정네들의 얼굴 역시 짠하다.

이게 이 글에서의 마지막 개발의 잔상이다.

인간은 춤추고 노래 부르는 동물이다. 신이 나서가 아닌,
애환을 잊기 위해 말이다. 때로 인간은 버텨내기 위해 스스
로를 희화화시키기도 한다. 그건 가장 높은 수준의 휴먼 ―
유머이다. 그건 아무도 상처 입히지 않은 채 다가오는 고통
을 관조할 수 있게 해준다. 난 그간 노가다를 개발이란 말로
희화화시키며 버텨왔다. 잠식당하지 않고 여기까지 달려왔
다. 글을 썼기에 견딜 수 있었다. 그 모든 것들의 반복이 다

공사장 한복판에서 영화를 외치다

시 시작되고 있었다.

어느 순간엔 삶을 받아들여야 한다. 모든 건 이미 지나갔고 난 지금 이 자리에 서 있다. 오직 현재만이 있을 뿐이다. 그렇기에 난 다시 내가 할 수 있는 걸 해보려 한다. 지금 이 글을 쓰는 것처럼 말이다. 이것이 날 자유롭게 할 것이다.

이제야 또 하나의 해답이 나온다. 지금보다 조금은 어렸던 시절 몇 번이나 스스로에게 던졌던 질문 — 나는 왜 고통을 자처하고 있는가? 왜냐면 난 글쓰기를, 영화를 절실히 원하기 때문이다. 너무나 사랑하기 때문이다.

거룩 은총 영광. 그게 무엇이든 언젠가는 나에게도 올 것이다.

희망을 버리지 않는 한.

작가의 말

난 가상의 시나리오 즉, 허구의 이야길 쓰는 놈이었다. 하지만 정작 완성된 거라곤 그 허구를 쓰기 위해 시작한 개발에 대한 논픽션이니 삶이란 참 아이러니하다.

만약 내가 개발 대신 구두닦이 일을 했다면 그걸 글로 썼을까? 아, 그건 썼겠지… 그럼 커피숍 알바를 했다면? 그것도 알 수 없는 일이다. 누구에게나 삶은 고달픈 법이니까.

어쨌든 난 아직 하고 있다. 개발과 글 어느 것 하나 떼놓을수 없는 나의 일부분이다. 그건 여전히(어쩌면 영원히) 지긋지긋하지만 가끔 날 웃게 만든다. 그렇기에, 힘이 닿는 한 계속해 볼 작정이다.

어쩌면 내가 잠시나마 당신의 거울이 되었을 수도 있겠다. 뭔가를 느꼈을지도, 아무것도 없었을지도 모른다. 그저